살자클럽

살자클럽

1판 1쇄 인쇄 2023. 11. 13
1판 2쇄 발행 2024. 06. 25

지은이 오하루
발행인 강미선
편집 강미선 디자인 표지 ARIA 본문 윤미정 일러스트 제딧

발행처 선스토리
등록 2019년 10월 29일 (제2019-000168호)
전화 031)994-2532

값은 뒤표지에 있습니다.
ISBN 979-11-981603-4-8 (43810)

이메일 sunstory2020@naver.com

매일 어김없이 떠올라 세상을 비추는 해처럼
선하고 이로운 이야기를 꾸준히 전합니다.

살자클럽

오하루 지음

신스토리

차례

01

눈에 보이지 않는다고
사라진 건 아니야

하늘이 사라졌는데 구름이 존재할 수 있을까?

구름은 노트에 이 문장을 적고 뚫어지게 쳐다보았다. 마치 노트가 대답해줄 것을 기다리는 사람처럼.

앞자리에 앉아 있던 윤하는 구름에게 말하려고 뒤돌아보았지만 차마 입을 열지는 못했다. 그 표정만 보아도 알 수 있으니까. 윤하는 구름이 또 하늘을 그리워하는 중이라고 생각했다.

구름이 사랑했던 언니, 윤하도 좋아했던 구름의 언니,

어떤 예고도 없이 사라져버린 그 하늘을.

윤하의 예상은 적중했다. 구름은 하늘을 떠올리고 있었다. 매일 매 순간은 아니었다. 매일 매 순간처럼 자주 다가오는 '문득'이었다. 윤하랑 같이 좋아하는 아이돌 그룹 식스틴 얘기를 하다가도 문득, 밥을 먹다가도 문득, 밥 먹은 걸 치우다가도 문득 머릿속에 하늘이 튀어나왔다. '언니도 식스틴 멤버 승건이 좋아 했는데……' 하고 울고, '이 반찬, 언니가 잘 만들어줬던 건데……' 하고 울고, '내가 밥 먹고 안 치우면 언니가 소리를 빽 질렀잖아.' 하고 울었다.

길을 가다가 앞에 가던 사람의 뒷모습이 문득 언니로 변하기도 하고, 언니와 닮은 사람이 지나가면 언니 이름을 부르며 따라가기도 했다. 그렇게 그리움은 지독하게 구름을 쫓아다녔다.

언젠가 하늘 언니와 드라마를 보며 그런 장면을 본 적이 있다. 얼마 전 이별한 주인공이 지나가는 사람을 헤어진 연인으로 착각하는 장면. 구름은 심드렁한 표정으로 말했다.

"아무리 그리워도 그렇지. 무슨 머리 스타일 좀 비슷하다고 그 사람으로 착각을 해? 역시 드라마는 드라마야."

"그럴 수도 있지, 너무 그리우면."

드라마에 푹 빠진 하늘은 그렇게 대답했다. 구름은 톡 쏘아붙였다.

"무슨 그럴 수도 있어? 말도 안 돼."

그때의 구름은 몰랐다. 자신이 그 말도 안 되는 행동을 할 줄은.

머리 스타일만 비슷해도 뛰어가서 "언니!"를 부르고, 사과하는 일이 종종 생겨났다. 구름은 그런 자신이 싫었다. 자신이 이해할 수 없는 사람의 모습을 자신에게서 발견하는 일은 자신을 향한 미움을 심기 마련이니까.

언니가 아닌 사람의 얼굴을 확인하고 나면 도대체 왜 그랬는지, 어떻게 그럴 수 있는지 자책하기 바빴다. 자신을 도저히 이해할 수 없었고, 누구도 자신을 이해할 수 없을 거라고 생각했다. 하지만 윤하는 달랐다.

"나 같아도 그럴 거 같아."

"진짜?"

구름이 놀라서 되물었다.

"응, 사람마다 가지고 있는 향기가 있잖아. 말로 설명하기는 어렵지만, 언니랑 비슷한 향기가 나면 너도 모르게 언니라고 생각하게 되는 거 아닐까? 꼭 모습이 비슷하지 않아도 그럴 수 있을 것 같아."

구름은 고개를 끄덕였다. 윤하의 말은 정확한 데이터가 없어도 왠지 믿음이 간다. 무심히 툭 던지지만 진리가 담겨 있는 할머니의 말처럼.

하늘과 구름이 드라마를 보고 있을 때, 옆에서 빨래를 개던 할머니가 그랬다.

"살다 보면 인생이 드라마보다 더 드라마 같을 때도 있어. 그래서 드라마를 보며 울고 웃는 거란다."

언제나 할머니의 말은 반박할 수 없었다. 구름은 할머니의 말에는 삶이 담겨서 그런지 진리로 느껴질 때가 참 많다고 생각했다. 그런데 윤하는 나이가 많지도 않은데, 마음속에 할머니 한 분이 들어가 있는 것 같다. 겪지 않아도 될 아픔을 많이 겪으면 마음도 그만큼 깊어지는 걸까.

국어 시간이 끝나가고 있었다. 선생님이 교실을 나가면서 말했다.

"오늘 하늘이 엄청 맑더라. 공부도 좋은데, 나가서 하늘도 좀 보고 그래."

그 말에 구름의 눈앞에 엄마 얼굴이 툭 튀어나왔다.

"엄마, 왜 언니는 하늘이고 난 구름이야?"

엄마 무릎을 베고 누운 구름의 질문에 엄마는 해같이 웃으며 말했다.

"하늘에 구름이 있잖아. 구름은 아무리 떠다녀도 하늘을 벗어나진 않잖아. 너희 둘, 세상에 둘만 남아도 꼭 붙어 있으라고."

구름은 그 말이 좋았다. 구름은 언니를 잘 따랐다. 하늘은 구름을 엄마보다 잘 돌봐줄 때가 많았다. 7살 차이가 나서 그런지, 엄마 역할도 해주는 언니라서 그런지, 둘은 잘 싸우지 않았다.

엄마는 멀리서 일하느라 구름을 떠나 있기도 했고, 좋아하는 사람이 생겨서 가버리기도 했고, 결국 영영 떠나버렸지만, 언니는 그러지 않을 거라고 믿었다.

언니도 그렇게 말했다. 언제나 구름의 곁에 있을 거고, 구름이 없는 하늘은 너무 안 예쁘니까 꼭 같이 있겠다고 약속했다.

구름은 그 약속을 철석같이 믿었다. 그런데 하늘이 떠나버렸다. 하늘이 무너진 것처럼 믿기지 않았고, 원망스러웠다. 꼭 약속을 지키려고 했던 하늘을 원망한 게 아니었다. 하늘을 갑자기 떠나게 만든 사고가 일어났다는 사실, 시간이 지나도 현실감이 들지 않는 그 사실이 아

11

직도 원망스럽기만 했다.

"아, 뱃가죽이 등뼈에 붙을 거 같아."

윤하가 구름에게 얼굴을 들이밀며 말했다. 구름은 자신도 모르게 점점 깊이 들어가던 그리움에서 빠져나왔다. 구름은 윤하가 참 고맙다. 윤하는 구름이 문득 동굴로 들어가도 팔을 잡아당겨 억지로 빼내지 않는다. 묵묵히 바라보다가 구름이 빠져나올 수 있을 때 손을 내민다.

"미안 미안. 급식 고고!"

"그럼, 나, 가지볶음 다 줘!"

"좋아!"

윤하와 구름은 손잡고 급식실로 갔다. 오늘의 급식은 중식이다. 짜장밥, 찹쌀 꿔바로우, 중화풍 가지볶음, 얇은 반달 단무지, 배추김치, 유기농 요구르트. 구름은 가지볶음을 윤하의 식판에 옮겨주었다. 구름은 가지볶음을 싫어하고 윤하는 좋아한다. 윤하는 단무지 세 개를 집어 구름의 식판에 놓아주었다. 윤하는 단무지를 몇 개안 먹는데, 구름은 김치보다 단무지를 더 좋아한다.

"구름 구름~ 우리, 밥 먹고 운동장에 잠깐 나갔다 오자. 국어쌤이 하늘 좀 보랬잖아."

"좋아!"

구름과 윤하는 서둘러 급식을 먹고 운동장으로 나갔다. 하늘이 정말 맑았다.

"구름 구름~ 우리, 얼마 만에 하늘 보는 거임? 거북목이 처음으로 펴지는 느낌인데?"

"윤하야!"

"응?"

"…… 하늘이 사라졌는데 구름이 존재할 수 있을까?"

윤하는 고개를 내려 구름을 보았다. 구름은 여전히 하늘을 올려다보고 있었다.

"응, 당근! 존재할 수 있지!"

"당근? 중고 거래해?"

"아니, 당연하지,라는 뜻이야. 우리 오빠 친구가 잘 쓰는 말인데, 오빠가 캐리한 걸 내가 또 캐리함! 요즘은 잘 안 쓰는 말이긴 한데, 귀엽잖아. 당근!"

"그래, 귀엽네. 근데 봄이 온 거 맞지? 나는 왜 계속 너무 추워?"

"아직 오고 있나봐. 꼭 올 거야. 안 온 거 아니고 오고 있는 거니까 조금만 더 기다려."

구름이 윤하를 보았다. 윤하는 다시 하늘을 올려다보며 말했다.

"국어쌤이 하늘을 보라고 하지 않았으면 오늘 우린 하늘을 보지 못했을 거야. 하지만 그렇다고 하늘이 사라진 건 아니지. 눈에 안 보인다고 없는 건 아니잖아. 그러니까 너의 질문은 성립이 안 돼. 하늘은 눈에 안 보일 수는 있어도 사라질 수는 없으니까. 사랑도 그렇잖아."

"오~ 쫌 멋진데?"

구름은 윤하의 머리카락을 헝클이며 말했다.

"자네, 그걸 이제 알았는가?"

윤하는 구름의 등을 토닥이며 말했다. 구름이 웃었고, 윤하도 웃었다. 햇살이 반짝였다. 윤하가 호들갑을 떨며 말했다.

"언니가 우리한테 레이저 쐈다. 언니는 여기서도 엄청 웃기더니 저기서도 안 변했네."

"맞아, 우리 언니 개그 욕심 넘쳤잖아."

"맞아, 막 우리 앞에서 개그 따라 하고."

"맞아, 그거 기억나? 하늘 언니가 살아 있을 때 우리 방에 갑자기 들어와서 잠 깨워준다고 흔들며 디스코 팡팡해준 거. 그거 진짜 리얼하게 잘했는데."

"맞아, 우리 그거 진짜 타러 갔었잖아. 근데 언니가 방에서 하는 게 진짜 타는 거보다 더 진짜 같았어."

윤하와 구름은 그 장면이 떠올라 소리 내어 웃었다. 수업 종이 울렸다.

"오오, 이번 시간 담임이야. 늦으면 죽는다. 살아야지. 얼른 가서 살자."

윤하가 구름의 손을 잡고 뛰었다. 구름은 윤하에게 이끌려 가면서 마음으로 사과했다.

'미안해, 윤하야. 내가 먼저 떠나게 되는 거…… 정말 미안해.'

02

행운이 없는 삶은 있어도
행복이 없는 삶은 없어

행복하지 않은 날들을 오래 지나다 보면 작은 행복이 찾아왔을 때 행복의 크기를 따지지 않게 된다. 그저 행복하고, 오롯이 행복하다.

요즘 소유의 마음이 그렇다. 동생 시유를 잃고 소유는 어느 터널에 버려진 느낌이었다. 그래도 터널이니까 출구가 있을 거라고 믿으며 걷고 또 걸었는데, 출구가 없는 동굴이었다.

출구를 찾을 수 있다는 희망이 묻히고, 더는 걸을 힘조차 없을 때 삼촌이 찾아왔다. 삼촌은 동굴에 출구를 만들기 시작했다. 아직 다 만들지는 못했지만 조금씩 조금씩 구멍이 뚫리고 빛이 보였다. 그것만으로도 소유는 오롯이 행복하다.

"똑똑똑, 들어가도 되나요?"

삼촌이 방문 사이로 빼꼼히 얼굴을 내밀고 말했다. 소유는 침대에서 몸을 일으켰다.

"아, 삼촌. 문을 열고 나서 노크를 하는 사람이 어딨어?"

"아, 문을 닫지도 않고 노크를 바라는 조카가 어딨어!"

"아……."

"아……."

소유는 삼촌의 표정이 웃겨서 웃음이 터지고, 삼촌은 소유가 귀여워서 웃음이 터졌다.

"그래서 들어가도 되는 거 맞아?"

소유가 고개를 끄덕였다. 삼촌은 들어가면서 등 뒤로 감췄던 화분을 꺼내 보였다. 작은 갈색 화분에는 꽃대 하나가 삐죽 고개를 내밀고 있었다. 삼촌은 소유의 책상에 화분을 놓아주었다.

"선물이야. 너 닮은 은방울꽃!"

"은방울?"

삼촌은 스마트폰으로 은방울꽃을 검색해서 사진을 보

여주었다. 정말 방울처럼 생긴 하얀 꽃이 꽃대에 매달려 있었다. 바람에 흔들리면 청아한 종소리가 날 것 같았다.

"와, 너무 예쁘다. 진짜 취향저격인데?"

"그치? 우리 소유가 좋아할 것 같더라. 영국 다이애나 황태자가 부케 소재로 사용해서 유명해진 꽃이야. 오월에 꽃이 피어서 오월화라고도 불러."

"와, 우리 삼촌, 영국에서 살다 왔다고 마구 영국 친화적인 지식인 포스네!"

"좀 티났어?"

"완전!"

"오, 노렸는데! 성공! 애는 그늘을 좋아해. 강한 햇빛은 피해줘야 하고, 뿌리가 옆으로 뻗어가니까 삼촌이 나중에 더 넓은 화분으로 분갈이해줄게. 물은 일주일에 두 번 정도만 흠뻑 주면 돼. 아차차!"

삼촌은 갑자기 거실로 나갔다가 화분 받침대를 들고 다시 들어왔다.

"이걸 깜박했지 뭐야"

삼촌은 화분 밑에 받침대를 놓으며 말했다. 받침대는 하얀색이었고, 꽃이 활짝 핀 모양이었다.

"와, 받침대도 내 취저임! 그런데 갑자기 화분 선물은 왜?"

"응, 꽃말이 좋아서. 삼촌이 영국 있을 때부터 한국에 가면 우리 소유에게 선물해야지, 했거든. 근데 아빠 치료받게 하는 것만 신경 쓰다가 깜박했지 뭐."

"꽃말이 뭔데?"

"반드시 행복해진다!"

소유의 마음에서 꽃봉우리가 터졌다. 삼촌의 그 말은 "너는 이제 다시는 투명 인간이 되지 않을 거야"라는 약속으로 들렸다.

동생 시유가 하늘로 떠나고, 아빠도 엄마도 시유만 찾았다. 소유는 점점 자신이 투명 인간이 되는 것 같았다. 아빠가 '시유'가 아닌 '소유'라는 자신의 이름을 불러줬으면 좋겠다고 생각했다.

소유는 분명히 존재하는데 누구의 눈에도 보이지 않는 존재였다. 그런 존재로 사는 날이 늘어나니, 소유는 선명해지고 싶다는 소원이 생겼다. 물론 친구들이 자신을 보아주었지만, 점점 가족도 자신을 보아주기를 간절히 바라게 됐다. 그런데 삼촌이 꿈을 이루어주었다. 시유가 떠나고 술만 사랑하게 된 아빠를 치료하기 위해 영국에 살던 삼촌이 돌아왔다. 그리고 소유의 이름을 불러주었다.

소유는 그날을 잊지 못한다. 집에서 자신의 이름이 불리던 그날, 소유는 마침내 선명해졌다. 이제 아빠는 자주 소유의 이름을 불러준다. 아직 병원에 있는 엄마는 소유를 시유라고 부르지만, 그래도 괜찮다. 숨 막히는 터널을 한없이 걷다가 이제야 비로소 편하게 숨을 쉴 수 있게 되었다. 출구가 가까워졌다는 뜻일까.

"누구나 널 사랑할 수는 없지만 널 사랑해줄 누구는 있어."

언젠가 K가 했던 말이 떠올랐다. 꿈처럼 들리던 그 말이 현실이 된 걸까? 소유는 자신이 선명하게 존재한다는 것만으로도, 자신을 사랑해줄 삼촌이 곁에 존재한다는 것만으로도 온 마음에 꽃이 핀 듯이 행복하다.

누군가는 겨우 그 정도 행복만으로 그렇게 행복하냐고 물을지도 모른다. 그럼 소유는 당당히 대답할 것이다. 캄캄한 골목길에 가로등 하나만 설치되어도 그 골목에 사는 사람들의 두려움은 순식간에 사라질 수 있는 거라고. 캄캄한 밤하늘에 문득 떠오른 작은 별 하나가 누군가에게 삶의 희망을 줄 수도 있는 거라고.

"삼촌, 나는 지금도 행복하지만, 이 꽃말처럼 앞으로

도 반드시 행복해질 거야."

삼촌은 소유의 어깨에 손을 얹고 말했다.

"삼촌이 참 좋아하던 선배가 그랬는데, 행운이 없는 삶은 있어도 행복이 없는 삶은 없대. 우리에게도 행복이 있을 거야, 계속."

"완전 좋은 말이다."

"완전 좋은 사람이 한 말이니까."

"은방울꽃 잘 키울게, 삼촌. 고마워."

"그래, 삼촌은 널 잘 키울게. 삼촌은 아빠랑 치료센터 다녀올 테니까, 식탁에 있는 샌드위치 먹어. 주말이니까 공부는 쉬면서 하고."

"응. 삼촌, 땡큐!"

소유는 휴대폰 카메라로 화분을 찍었다. 그리고 살자 클럽 단톡방에 전송했다.

K 〉 오~ 무슨 꽃?

은방울꽃. 삼촌이 꽃말이 좋다고 선물해줌.

경식 〉 꽃말이 먼데?

반드시 행복해진다.

경식 ┤ 감동 ㅜㅜ

경감 ┤ 삶이란 종소리를 듣는 기쁨이지.

경식 ┤ 아저씨, 갑자기 시인이 되셨어요?

경감 ┤ ㅋㅋ아니, 나 말고 이해인 수녀님 시야.

K ┤ 오, 그런 시가 있어요?

경감 ┤ 응, 제목이 은방울꽃이야. 잠시만, 시 전체 올려줄게.

삶이란
종소리를 듣는
기쁨인가요?

오늘도
살아 있다고
종을 치세요

작게 낮게
그러나 당당하게!

가슴에 쌓인 노래들이
마침내 터져 나와
조롱조롱 달려 있는
하얀 기쁨들

원하시면 드릴게요
종소리와 함께

ㅋㅋㅋㅋㅋㅋㅋ 시 너무 좋아요.

K ┤ ㅋㅋㅋㅋ 저도 그 시, 맘에 드는데요.

경감 ┤ 다들 좋아하니 보람이 있네. 근데 다들 내일 모임 잊지 않았지?

네네!

K ⊣ 그럼요!

경식 ⊣ 내일 봐요! ㅋㅋ

소유는 화분을 보며 삼촌의 말을 떠올렸다. 행운이 없는 삶은 있어도 행복이 없는 삶은 없다는 말. 지금 찾아온 행복이 행운처럼 느껴지지만, 행운이 아니라 행복이라고 믿기로 했다. 행운이라는 말은 바로 사라질 것만 같은데 행복은 왠지 머물러줄 것만 같으니까.

지금 행복의 뒤로도 줄줄이 엮인 소시지처럼 행복이 줄줄 따라올 거라고 기대하기로 했다. 은방울꽃말처럼, 반드시!

03

같은 아픔을 겪었다는 건
괜찮다는 말보다 더 괜찮은 위로가 돼

김민지 경감은 언제나처럼 일찍 출근해서 자료를 정리하고 있었다. 정시유 경위는 이미 센터 앞에 도착했지만, 아직 들어가지는 않았다. 첫 출근을 위해 새로 구입한 제복이 어색해서 옷 매무새를 가다듬고 들어가려다가 다시 멈췄다. 얼굴은 괜찮은지, 배낭에서 손거울을 꺼내 살펴보았다. 떨리고 설레고 긴장되는 마음이 얼굴에 드러났다. 볼풍선을 만들었다 터트리고, "아에이오우." 발음을 해보았다. 한 번 웃어보고, 숨을 크게 들이마셨다가 내쉬었다.

배낭에 손거울을 집어넣고 센터 건물을 올려다보았다. '자살예방 긴급 구조센터'란 간판이 보였다. 마음에 떠오른 말풍선은 '잘할 수 있을까.'와 '할 수 있을 거야.'를 거쳐 '해보는 거야.'로 바뀌었다. 주먹을 불끈 쥐고 "파이팅!"을 외쳤다. 그리고 뚜벅뚜벅 걸어가 힘차게 센터의 문을 열려고 했는데, 자동문이었다. 동생이 뒤에서 "언니는 암튼 덜렁대장이야." 하며 웃는 상상을 했다. 피식 웃음이 났다.

"걱정 마. 언니, 잘할 거야. 꼭 해낼 거야."라고 나지막이 말하고, 자동문 열림 버튼을 눌렀다. 문 열리는 소리에 김민지 경감이 마중을 나왔다.

"정시유 경위?"

"아, 김민지 경감님? …… 남자 분이셨어요?"

"하하, 정답이에요."

"아…… 죄송해요."

정시유 경위의 얼굴이 벌게졌다. 김민지 경감은 부끄러운 순간마다 홍당무가 되었던 딸의 모습이 떠올라 웃음이 났다.

"미안해할 것 없어요. 이름 때문에 성별에 대한 오해를 자주 받아요."

정시유 경위가 서둘러 경례를 했다.

"넵! 정시유 경위, 첫 출근을 보고드립니다!"

김민지 경감도 경례를 했다.

"환영해요. 내일부턴 인사는 부드럽게 안녕하세요,라고 합시다. 그리고 서로 평등하게 존중어를 쓰도록 해요."

"아, 경감님은 편하게 하셔도 괜찮습니다."

"나는 평등이 편해요. 내가 얼마 전에 평등 교육을 받았거든요. 전에는 덜 평등한 사람이었던 거 같아서 이제는 더 평등한 사람이 되어보려고요. 곧 청소년 요원들이 올 거니까 소개할게요. 저기 새 책상이 경위님 자리예요. 첫 출근이라 많이 긴장했을 텐데 우선 좀 쉬고 있어요."

"네, 감사합니다."

정시유 경위는 자신의 책상을 만져보았다. 흰색 라운드 상판에 철제프레임으로 되어 있는 책상이 참 마음에 들었다. 배낭에서 사진 액자를 꺼내 책상 위에 두었다. 교복을 입은 정시유 경위와 동생이 손을 잡고 활짝 웃고 있는 사진이었다. 배경에 있는 벚꽃도 두 사람처럼 활짝 피어 있었다.

소유는 지하철역을 나오자마자 활짝 웃었다. 역에서

센터로 가는 길에 피어 있는 벚꽃을 보니 기분도 활짝 피어버렸다. 소유는 잰걸음으로 벚나무로 가서 셀카를 찍었다. 흰색 후드집업을 입고 벚꽃 아래에서 사진을 찍으니 마치 보호색으로 자신의 몸을 보호하는 동물 같았다.

센터로 향하던 K와 경식은 소유를 발견하고 걸음을 멈췄다. 경식이 말했다.

"소유가 벚꽃 같은데?"

"벚꽃이 소유 같은데?"

K의 말에 경식은 고개를 갸우뚱하며 소유를 불렀다.

"야~ 거기 벚꽃!"

소유가 K와 경식을 발견하고 손을 흔들었다. 경식이 어깨를 으쓱하며 말했다.

"봐, 소유가 벚꽃, 맞잖아."

K는 풍선에 바람이 빠지듯 웃으며 경식의 어깨를 두드렸다.

"그래그래, 네가 맞다. 나 먼저 들어간다. 벚꽃이랑 같이 와."

김민지 경감이 문 앞까지 나와 K를 반겼다.

"와, 우리 자살클럽 대장님! 반가워요!"

"아저씨!"

K도 반가움이 잔뜩 베인 목소리로 김민지 경감을 불렀다.

"경감님! 자살클럽이라뇨?"

정시유 경위가 놀란 토끼 눈을 하고 벌떡 일어났다. 김민지 경감은 피식 웃으며 말했다.

"경위님이 생각하는 그런 클럽은 아니니까, 걱정 말아요. 멤버들 오면 소개해줄게요."

경식과 소유는 이미 경감 뒤로 들어와 있었다. 소유가 들뜬 목소리로 경감을 불렀다.

"아저씨이!"

경감은 경식과 소유를 보며 함박웃음을 지었다.

"아유, 우리 운영진님들! 회의실로 들어오실까요? 대장님과 경위님도 들어오세요."

김민지 경감이 회의실 문을 활짝 열어주었다. 모두 회의실에 들어가 앉았다. 김민지 경감은 칠판에 '2023 살자클럽 첫 모임'이라고 적었다. 정 경위는 고개를 갸우뚱거렸다.

'분명 '자살클럽'이라고 들은 것 같았는데 '살자클럽'이라니, 뭐지?'

"경위님! 아까 자살클럽이라고 들은 것 같았는데 왜

살자클럽이냐고 궁금해하고 있죠?"

소유가 말했다. 정 경위는 다시 한 번 놀란 토끼 눈을 하고 소유에게 물었다.

"어머! 어떻게 알아요?"

"저는 생각을 읽거든요."

"와, 진짜요?"

"하하, 우리 정 경위님, 순수하네요. 진짜긴 뭐가 진짜예요. 소유의 전용 농담이에요."

"아……."

김 경감의 말에 정 경위는 L타워 끝까지 올라갔다가 아무것도 보지 못하고 내려온 표정을 지어보였다. 김 경감은 자꾸 딸 민지가 떠올랐다. 살아 있다면 정 경위와 같은 나이의 청년일 테니 아주 자연스러운 연상일지도 모른다.

"자, 우선 새로운 경위님이 카오스 상태인 것 같으니 우리 소개부터 할게요. 우선 우리 대장님이 자살클럽 소개부터 하면 좋겠다."

김민지 경감은 딸에 대한 그리움에서 얼른 빠져나오려고 회의 진행을 서둘렀다. K는 그 마음을 안다는 듯이 벌떡 일어나서 한껏 밝은 목소리로 소개를 시작했다.

"네, 저는 K라고 해요. 활동명이고, 본명은 이은재입니다. 엄마가 스스로 하늘로 이사했고, 아빠도 따라갔어요. 저도 갈까 했는데, 너무 좋은 우리 이모가 엄마를 해주고 있어서 못 갔어요. 한때 사이가 엄청 안 좋았지만, 지금은 다시 친자매처럼 잘 지내는 동생 희재도 있고요. 아, 희재는 이모의 딸이에요. 제가 만든 자살클럽은 사실 살자클럽이에요. 자살을 도와준다고 하면 죽고 싶은 사람들이 오잖아요. 그들을 살리는 일을 해요. 살려주겠다고 하면 죽고 싶은 사람들이 스스로 오지 않으니, 죽음을 도와주겠다고 하고 살리는 거예요. 아, 나이는 열아홉이고요. 작년에 검정고시 붙었고, 올해는 이 친구들과 같이 대입에 도전하려고요."

K가 자리에 앉고, 경식이 일어났다.

"저는 아빠가 세 번 바뀌었는데, 앞에 두 번은 아빠가 아니었어요. 사랑은 안 해주고 때리기만 했거든요. 그런데 지금 아빠는 진짜 아빠예요. 초등학교 때, 아빠는 어떤 사람, 엄마는 어떤 사람, 이런 걸 적으라고 했는데요. 제가 아빠는 때리는 사람, 엄마는 불쌍한 사람이라고 적었거든요. 짝꿍이 그걸 보고 막 웃으면서 아빠는 사랑해주는 사람이지, 때리는 사람 아니라고, 잘못 적었다고 하더라고요. 도대체 그 말이 무슨 말인지 몰랐는데, 지금 아빠 덕분에 알았어요. 그 말이 맞는 말이란 거. 그런데 제가 그걸 모르고 죽으려고 했었어요. 저만 없으면 아빠랑 엄마가 행복할 것 같고, 제가 왠지 방해되는 것 같아서요. 그때 자살클럽의 문을 두드렸고, 죽는 걸 도와준다고 해서 갔더니 살려주더라고요. 그래서 살았고, 아빠의 마음을 알았고, 자살클럽 운영진이 됐어요. 같이 사람을 살리고 싶어서요. 아, 제 이름은 오경식이에요."

경식이 앉고 소유가 일어났다.

"저는 윤소유입니다. 자살클럽 첫 회원이고, 자살유가족이에요. 동생이 갑자기 하늘로 떠났거든요. 그 이후로 아빠랑 엄마는 동생만 찾았어요. 제 이름은 불러주지도 않고⋯⋯. 그래서 죽으려고 했었는데, K가 살렸어요. 지금은 행복해요. 영국에 있던 삼촌이 와서 아빠의 알코올의존증 치료를 도와주고 있고요. 아직 엄마는 아니지만, 삼촌이랑 아빠는 제 이름을 불러줘요."

소유가 앉고 앞에 서 있던 김 경감이 입을 열었다.

"저는 김민지 경감이에요. 딸이 소유 동생처럼 떠났고, 딸처럼 떠나는 아이들이 없도록⋯⋯ 그리고 나처럼 남겨지는 가족들이 없도록 목숨을 끊으려는 사람들을 살리는 일을 하고 싶어서 이 센터를 경찰청에 제안했어요. 우여곡절 끝에 이 센터가 만들어졌고, 정말 열심히 살렸는데, 청소년들을 살리는 건 한계가 있었어요. 어른이 되어버려서 아이들의 마음을 직접 마주할 일도 없고, 그러니까 그 마음을 알 길도 없고…… 어떻게 하면 더 밀접하게 청소년들을 도울 수 있을까, 깊이 고민을 하는 중에 자살클럽을 알게 되어 이 멋진 친구들을 만나게 됐어요. 이제 이 친구들은 정말 든든한 길벗이고 동료예요. 내가 모르는 현장의 마음은 이 친구들이 알려주고, 이 친구들이 필요한 재정이나 시스템은 우리가 돕고 있어요. 사람을 살리는 최적의 콜라보죠. 아, 내 이름은 딸 이름이에요. 내가 딸 이름으로 개명했어요. 딸의 이름이 잊히는 걸 견딜 수 없어서요."

정 경위는 마음이 울렁거리고 이상했다. 모두 밝고 담담하게 이야기했는데 왠지 그게 더 슬프게 느껴졌다. 정 경위는 그 이유를 몰라 고개를 갸웃했다. 소유가 정 경위에게 속삭였다.

"이상하죠? 슬픈 말은 슬프지 않게 말할 때가 진짜 슬프잖아요."

정 경위 입에서 탄성이 흘러나왔다. 흐릿했던 시야가

선명해지고, 울렁거리던 마음이 잔잔해졌다. 공감은 마음의 파도를 멈추게 하는 힘이 있구나, 생각했다. 정 경위는 큰 숨을 한 번 내쉬고 말했다.

"이제 제 차례죠? 저도 유가족이에요. 소유님처럼 동생이 먼저 떠났어요. 스스로 간 건 아니고요, 배를 타고 수학여행을 갔는데, 도착하기도 전에 배가 가라앉아 버렸거든요."

소유의 눈시울이 붉어졌다. K는 정 경위의 왼쪽 가슴에 달린 노란 리본을 발견하고, 눈을 창밖으로 돌렸다. 김 경감과 경식은 난처했다. 그 무엇도 위로가 되지 않을 일을 겪은 사람에게는 무슨 말을 해야 할지 도무지 알 수가 없었다.

"음…… 환기를 좀 시킬까?"

김 경감이 창문을 열었다. 따스한 바람이 불어왔다. 정 경위는 분위기를 전환해보려고 한껏 높아진 톤으로 말을 이었다.

"아, 여러분! 제가 동생을 보내고 지금까지 살아오면서 깨달은 것이 있는데요. 그게 뭐냐면요, 저는 지혜롭지 않지만 우리는 지혜롭다는 거예요. 저는 혼자 갈 수 없는 길을 우리는 갈 수 있더라고요. 여러분과 함께 또 다른 우리가 되어서 너무 기뻐요. 아, 제 이름은 시유예요. 정시유."

소유가 벌떡 일어나며 물었다.

"시유요? 언니, 내 동생 이름도 시유예요."

"아, 사실 내 동생 이름은 소유예요. 아까 말하려다 말았는데……."

"우와, 우리 엄청난 인연이네요!"

소유는 정 경위에게 손을 내밀었다. 정 경위는 소유의 손을 꼭 잡았다. 둘은 서로의 눈을 보다가 말없이 꼭 껴안았다.

나와 똑같은 아픔을 가져서 반갑지만, 이렇게 견딜 수 없는 아픔이 상대방에게도 있다는 게 가슴 아팠다. 그 마음을 아니까. 그 고통이 얼마나 사람을 집요하게 괴롭히는지 너무 잘 아니까. 같은 아픔을 가진 사람은 서로에게 가장 큰 위로이기도 하지만, 동시에 가장 큰 안쓰러움이기도 하다.

"저, 근데요. 경위님이 너무 반갑긴 한데, 경위님 이름을 부르지는 못할 것 같은데, 그냥 언니라고 해도 될까요?"

소유가 정 경위의 품에서 나오며 말했다.

"아, 경감님! 우리 다 존중어 써야 하는 거예요?"

정 경위가 김 경감에서 물었다. 김 경감은 손사래를 치며 말했다.

"아니에요. 나는 자칫 꼰대가 될까봐 경위님과 그렇게 하자고 한 거고, 여긴 직장이니까 상하 구분 없이 평등하게 하자는 의미도 있는 거고요. 하지만 살자클럽 운영진들과는 편하게 해도 돼요. 서로 동의만 된다면."

"그럼 언니라고 불러도 되는 거죠?"

소유가 정 경위에게 물었다.

"저는 누나요! 괜찮아요?"

경식이 물었다. 정 경위가 웃으며 고개를 끄덕였다.

"근데 나도 소유 이름…… 가끔은 너무 슬퍼서 못 부를 거 같은데, 애칭으로 불러도 돼요?"

소유가 고개를 끄덕이며 말했다.

"좋아요. 애칭 정해주세요!"

"오키. 그럼, 윤소유니까 윤쏘 어때요?"

"좋아요. 저 중딩 때 친구들도 그렇게 잘 불러요."

소유가 활짝 웃었다. 정 경위도 따라 웃었다. 김민지 경감도, 경식도, K도 웃었다. 창문을 타고 들어온 따스한 바람이 모두의 마음속으로 들어간 모양이다. 경식은 나지막하게 K에게 말했다.

"소유 봐봐. 표정이 엄청 평화로워."

"우리 이모가 쓴 글에 그런 말이 나와."

"무슨 말?"

"같은 아픔을 겪었다는 건 괜찮다는 말보다 더 괜찮은 위로가 된다고."

"오, 멋진 말이다. 니네 이모 작가해도 되겠어."

"이미 작가야."

"오, 내 예언이 적중했네."

"뭐래."

K는 어이가 없어서 웃었다. 경식은 정 경위와 소유의 모습을 보니 왠지 흐뭇해져서 웃었다. 소유는 정 경위가 말했던 '우리'가 이미 시작된 것 같아 마음이 더욱 잔잔해졌다. 김 경감은 손뼉을 세 번 쳤다.

"자, 그럼 우리 이제 진짜 회의를 시작해볼까?"

K의 휴대폰이 울렸다. 자살클럽의 이메일이 들어왔다는 알림이었다.

'정말 자살을 도와주나요? 꼭 부탁드려요.'

04

어둡기만 한 바다에도
작은 등대 하나는 있어

친구가 이 이메일로 사연을 보내면 죽는 걸 도와준다고 해서 보내요. 그런데 제 사연을 글로 써본 적이 없어서 잘 쓸 수 있을지는 모르겠어요. 그래도 꼭 죽고 싶으니까 해볼게요.

엄마를 잃었어요. 제가 열두 살 때요. 엄마는 또 사랑하는 남자를 만났다고 했어요. 그 전에도 그랬는데, 사랑은 진짜였는지 몰라도 사람은 가짜였어요. 회사 대표라는 것도, 결혼하지 않았다는 것도……. 그래도 엄마가 헤어지자고 할 때 그 사람이 매달리고 울었다니 사랑은 진짜였을까요? 저는 아무리 생각해도 아닌 거 같아요.

사랑이 뭔지는 잘 모르지만 그래도 적어도 그런 건 아닌 거 같아요. 그래도 엄마가 진짜라니 믿어주기로 했어요. 사실이 아니어도 믿어줄 수는 있으니까요.

할머니는 이번 남자도 가짜로 보인다고 했어요. 우리 할머니는 초등학교도 제대로 나오지 않았어요. 딸이라서 학교를 못 가게 했대요. 그땐 그랬대요. 그런데 가끔은 대학생인 우리 언니보다 똑똑해요.

언니가 그러는데요, 할머니의 인생이 할머니에게 대학원을 다녀도 배우지 못할 것들을 많이 가르쳐주어서 그렇대요. 대학원까지 졸업한 엄마가 하는 행동을 보면 언니 말이 맞는 것 같아요. 엄마는 초등학생인 제가 보기에도 바보 같은 행동을 많이 했거든요. 우리가 말렸어요. 하지만 엄마는 언제나처럼 우리 말은 듣지 않았어요. 우리 아빠를 만났을 때도 언니가 말렸대요. 그런데 듣지 않았고, 인정하고 싶지 않지만, 우리 아빠도 좋은 사람이 아니었대요.

아, 언니랑 저는 성이 같지만 아빠가 달라요. 언니는 성이 같아서 너무 다행이라고 했어요. 언니 친구는 아빠가 달라서 동생과 성이 다른데, 그래서 곤란한 적이 많았대요. 사람들은 자신들과 다르면 틀리게 보잖아요. 그런 시선과 질문들이 너무 괴롭대요.

그런데 언니랑 나는 성이 같아서 아무도 아빠가 다르다는 걸 눈치채지 못해요. 사실은 언니랑 나도 우리가 아빠가 다르다는 사실을 자주 잊어요. 우린 참 많이 다르지만 참 많이 닮았거든요. 엄마가 술을 먹고 가끔 "아빠도 다른 것들이 왜 이렇게 친자매처럼 굴어?"라고 말할 때만 깨달았어요. "아, 우리 아빠 다르지?" 하며 웃곤 했거든요.

아무튼 엄마는 또 새로운 남자를 만나서 새로운 보금자리로 떠나다가 교통사고가 나서 하늘로 떠나버렸어요. 하늘 같은 바다가 있는 곳에 가서 살겠다더니, 바다 같은 하늘로 가버린 거죠.

엄마는 평소에도 말을 반대로 한 적이 많았어요. "우리 구름이, 못생겼네." 해서 내가 "왜?" 하면 "너무 예뻐서." 하고요. "우리 하늘이, 허벅지가 아주 탄탄하네." 해서 내가 "언니 허벅지 말랐는데." 하면 "그래, 너무 말랐단 말이야." 했어요. 아, 구름은 내 이름이고, 하늘은 언니 이름이에요.

그렇게 반대로 말하더니, 영원히 떠날 때도 반대로 말한 거죠. 근데 그건 할머니를 닮은 것 같기도 해요. 엄마가 떠났을 때 할머니는 "평생 속만 썩이던 년, 이제 안 봐도 되겠네. 아주 속이 시원하다." 하고는 마음에 뭐가 걸린 사람처럼 가슴을 치더니 꺼이꺼이 울었거든요.

나는 할머니처럼 울지는 않았어요. 눈물을 흘리긴 했는데, 막 가슴이 아프거나 죽을 만큼 괴롭진 않았거든요. 그래서 언니 손을 잡고 "언니는 절대 떠나면 안 돼."라고 말했어요. 엄마는 날 떠난 적도 많고, 영원히 못 봐도 살 수 있겠다는 생각을 한 적도 몇 번 있어요.

근데 언니는 아니에요. 언니는 하루라도 없으면 못 살겠다고, 매일 생각했어요. 일곱 살 차이가 나서 그런지, 잘 싸우지도 않았어요. 물론 나이 차이 때문만은 아니에요. 언니 덕분이에요. 언니는 언니이기도 하지만 엄마이기도 했거든요. 언니가 필요할 땐 언니가 되어주고, 엄마가 필요할 땐 엄마가 되어주었어요. 근데 그런 언니가 떠났어요.

언니는 절대 떠나려고 하지 않았어요. 그럴 생각은 1도 없었어요. 언니는 영원히 내 곁에 있어 주겠다고 했고, 그건 진심이었어요. 영원이라는 게 없다는 건 나도 알아요. 언젠가는 언니와 나도 헤어질 날이 올 거라는 걸 알았어요. 하지만 그래도 이렇게 일찍은 아니잖아요. 언니는 겨우 스물두 살인데…….

언니의 꿈은 의상 디자이너였어요.

"할로윈 의상들을 보고 올게. 아무래도 직접 보고 사진 찍고 조사하는 게 좋을 것 같아. 내일은 같이 놀자. 홍대 가서 맛있는 거 먹고, 사진도 찍고."

언니가 집을 나서면서 한 말이에요. 그게 마지막일 줄은 알 수 없었지만요.

어떤 국회의원이 그랬잖아요. 놀러 가다가 죽은 걸 뭘 그리 슬퍼하냐고. 근데 놀러간 게 아닌 사람도 많아요. 그리고 우리 국어쌤이 놀러 갔더라도 그런 사고가 있으면 안 되는 거지, 놀러간 게 잘못은 아니라고 했어요. 마음 편히 놀러 다닐 수도 없는 나라이면 안 된다고요.

나는 쌤의 말을 믿어요. 쌤은 진짜 우리 생각 많이 해주는 사람이거든요. 나는 그 국회의원이 정말 미웠어요. 그 국회의원의 사진을 찾아서 엄청 노려보면서 그 사람이야말로 놀러갔다가 죽으면 좋겠다고 백 번도 넘게 생각했어요. 근데 문득 그런 생각이 들더라고요.

'이 사람도 가족이 있을 거잖아. 그렇게 되면 그 가족도 나처럼 슬플 거 아니야.'

그 생각이 나서 죽으면 좋겠다고 말한 거 취소했어요. 신이 있다면 취소해달라고 했어요. 엄청 밉지만, 내가 누군가에게 나 같은 고통을 주는 사람이 되면 그건 너무 끔찍하잖아요. 나는 그런 끔찍한 사람이 되고 싶지는 않아요.

나는 언니가 떠난 후로 하늘과 땅이 다 무너진 마음에서 살아요. 빛도 없고, 웃음도 없어요. 아, 내 친구, 사랑하는 내 친구 한 명 덕분에 가끔 웃지만, 진짜 웃음이 아니에요. 친구를 사랑하는 마음은 진짠데, 웃음은 가짜예요. 나를 웃기려는 친구의 마음이 고마워서 일부러 웃을 때가 많거든요. 이제 여기에 언니가 없잖아요. 내 삶이 온통 가짜가 되어버린 기분이에요.

할머니는 언니가 떠나고 정신을 놓았어요. 언니가 떠나고 나서 내가 울면서 할머니한테 말했어요.

"나는 진짜 언니 없으면 못 살아."

"엄마가 없어도 사는데 언니 없다고 왜 못 살아?"

할머니는 퉁명스럽게 물었어요. 나는 그 질문이 너무 서운해서 할머니한테 톡 쏘아붙였어요.

"할머니는 나 없어도 잘 살 거지?"

"암만, 딸 없어도 숨 쉬고 살아있는 뻔뻔한 할미야. 나는 다 없어도 잘 살 거야. 꼭 그럴 거야."

할머니는 쩌렁쩌렁하게 말했어요. 나는 할머니가 진짜 독한 사람이라고 생각했어요. 그런데 어느 날, 나보고 "아가씨, 누구예요?" 하는 거예요. 나는 할머니가 나를 웃겨주려고 장난치는 줄 알았어요. 그런데 복순 할머니도 못 알아보는 거예요. 복순 할머니는 할머니의 가장 친한 친구거든요.

복순 할머니는 온몸에 힘이 하나도 없는 사람처럼 나를 붙잡고 말했어요.

"정신을 놓을 일이 그리 많아도 독하게 잘 붙잡고 있더니 결국 놓아버린 거야. 더 붙잡을 힘이 없었나봐."

할머니는 요양병원에 있어요. 복지사 쌤이 어려운 사람들도 갈 수 있는 요양병원을 소개해주고, 할머니가 입원할 수 있게 도와주었어요. 그런데 완전 공짜는 아니래요. 조금 더 내야 하는 돈이 있는데 그건 복순 할머니가 냈대요. 참 고마운 사람이죠?

복순 할머니 이야기를 조금 더 해도 될까요? 진짜 고마운 분이거든요. 언니랑 나도 진짜 많이 챙겨주셨어요. 내가 미안해하면 복순 할머니는 제 머리를 쓰다듬으며 말했어요.

"네 할머니는 친구를 넘어 가족이야. 그러니까 너희도 내 가족이나 마찬가지지. 그러니까 미안해하지 않아도 돼."

저는 그 말까지도 참 고마웠어요. 고맙다고 말하지는 않았지만요. 복순 할머니는 서울로 이사 와서 유일하게 생긴 친구가 우리 할머니래요. 그런데 우리 할머니랑 완전 반대인 사람이에요. 우리 할머니는 말도 많이 없고, 옷도 맨날 같은 옷만 입는데, 복순 할머니는 옷도 매일 바뀌고, 엄청 젊고 활발하세요. 아, 요즘은 시니어 모델도 하세요. 가끔 복순 할머니 말을 듣고 있으면, 나이는 80대인데 뇌는 20대인가 싶어요. 아, 이건 언니가 한 말이에요.

언니는 복순 할머니랑 얘기하고 있으면 친한 언니랑 얘기하고 있는 것 같아서 좋다고 했어요. 그래서 언니는 고민이 생기면 복순 할머니랑 얘기하는 걸 좋아했어요. 저는 그러고 싶어도 그게 잘 안 됐어요. 그럼 복순 할머니가 먼저 다가와서 말을 걸어주었어요.

"구름아, 누구 눈치 보지 말고 네 마음의 눈치만 봐. 슬프면 슬퍼하고 기쁘면 기뻐하면 돼. 그리고 하고 싶은 말이 있거든 마음에 쌓지 말고 다 말해도 돼."

나는 복순 할머니의 그 말이 참 좋았어요. 그리고 이제는 복순 할머니랑 내 친구한테는 다 말할 수 있어요. 죽고 싶다는 말만 빼고요.

내가 죽게 되면 복순 할머니한테 고맙다는 말도 대신 전해줄 수 있을까요? 친구한테는 내가 하면 되는데, 복순 할머니한테는 말하지 못할 것 같아서요. 죽는 것도 도와달라고 하면서 부탁까지 드리는 거, 염치없지만 부탁드려요.

이제 됐어요. 하고 싶은 말은 다 했어요. 저, 진짜 언니가 너무 보고 싶어요. 언니한테 갈 수 있게 꼭 도와주세요. 하루라도 빨리요.

K는 덤덤한 표정으로 구름의 사연을 다 읽었다. 경식과 김 경감은 경직된 표정이었다. 소유는 얼굴이 빨개지고, 정 경위는 입술을 깨물고 있었다.

"어떻게 살려요?"

정 경위가 떨리는 목소리로 말했다. K가 대답했다.

"사연을 보낸 친구를 사랑하는 사람을 찾아가요. 외롭고 힘들 땐 주위에 내 편은 아무도 없는 것 같잖아요. 하지만 그건 사실이 아니라 느낌이잖아요. 곁에 꼭 한 명은 있더라고요. 그 한 명을 찾아가서 사연은 말하지 않고 인터뷰를 해요. 예를 들어 경식이의 경우는 아빠를 찾아가서 경식이 학교 방송국에서 인터뷰를 나왔다고 말씀드리고, 아들에게 하고 싶은 말을 여쭈었어요."

"아버지가 무슨 말을 했어요?"

정 경위가 경식을 보며 물었다. 경식은 그날로 돌아가 아빠의 목소리를 다시 들은 것처럼 환한 웃음을 지으며 말했다.

"나의 아들로 와줘서 고맙다고, 사랑한다고 하셨어요."

"경식이는 아빠의 사랑을 확인하고, 그것이 살아야 할 이유가 되어서 살았어요. 죽고 싶은 마음이 풍선처럼 부풀었다가도 누군가 내가 떠나는 걸 견디지 못할 만큼 슬퍼하고, 내가 살기를 간절히 원한다는 걸 알면, 살아요. 그 몽글한 진심이 부푼 마음에 살짝 닿기만 해도 풍선이 팡 터지더라고요."

K의 설명을 가만히 듣고 있던 정 경위가 고개를 느리게 끄덕였다.

"아! 그 복순 할머니? 그 사연에 나온 할머니!"

소유가 벌떡 일어나며 말했다. 모두 소유를 보았다. 소유는 다시 자리에 앉으며 말했다.

"아, 죄송! 사연을 듣는데 너무 걱정됐거든요. 우리가 찾아가서 인터뷰할 사람이 없는 거예요. 구름이는 언니도 엄마도 없고, 할머니는 아프고...... 구름이가 말한 친구는 누군지 알 수도 없고...... 그래서 막 머리에 지진이 났는데, 사연에 나온 복순 할머니가 갑자기 생각났어요. 시니어 모델로 활동하신다고 하고, 이름이 흔하지도 않으니까, 그 할머니를 찾아보면 되지 않을까요?"

경식의 눈이 동그래졌다.

"나 생각보다 똑똑하다고?"

소유의 말에 경식의 눈이 더 커졌다.

"알잖아, 나 생각 읽는 거!"

소유는 어깨를 으쓱하며 웃었다.

김 경감은 휴대폰을 들여다보고 있었다.

"아저씨. 어때요, 내 생각? 설마 안 듣고 휴대폰만 하고 계셨어요?"

"아! 나 검색하고 있어. 시니어 모델 복순!"

"어우, 아저씨. 빠른 행동력은 칭찬해드릴게요. 근데 우선 할머니 성이 뭔지를 알아봐야죠."

소유는 경식이 못마땅한 행동을 할 때마다 사용하는 말투를 꺼냈다. 김 경감은 휴대폰을 소유에게 들이밀며 말했다.

"나도 그래서 안 나올 줄 알았거든. 근데 봐봐. 모델 활동할 때는 성을 떼고 복순으로 활동하신대!"

소유가 김 경감의 휴대폰을 들여다봤다. 모두 김 경감 휴대폰에 얼굴을 들이밀었다. 작년에 개봉했던 '복순의 길'이라는 영화 관련 기사와 그 영화에 출연했던 배우들 인터뷰를 지나 주인이 쓰러졌을 때 큰 소리로 짖어서 주인을 구한 강아지 복순이의 기사가 나왔다. 그 아래, 자신을 살린 복순이를 식용으로 판매한 주인이 경찰 조사를 받고 있다는 기사가 보였다. 경식은 혼잣말처럼 "이 개보다 못한 사람."이라고 중얼거렸고, 모두 고개를 끄덕였지만 그 기사에 머물 수는 없었다. 시니어 모델 복순의 인터뷰 기사가 화면 끄트머리에 걸려 있었기 때문이다.

"예감이 좋지?"

김 경감이 물었다. 살자클럽 운영진과 정 경위는 동시에 "네!" 하고 대답했다.

아무것도 보이지 않고 어둡기만 한 바다에서 작은 등대 하나를 발견한 느낌이었다.

김 경감은 생각했다. 인생은 항상 이런 식이라고. 뭐가 이렇게 캄캄해, 불빛이 하나도 없네, 싶으면 꼭 불빛 하나를 발견하게 된다고. 그 불빛은 언제나 참 작지만, 빛이라는 이유만으로 다시 숨 쉴 수 있게 한다고.

05

나는 약하지만
우리는 강하니까

🎙 안녕하세요, 오늘은 '새벽 2시의 오후' 청취자 분들이 정말 기다리시는 코너 '그대 마음의 기분'이 있는 날이죠. 어느새 벚꽃이 지는 시간, 우리 마음의 시름도 함께 저버리면 좋겠는데요. 저는 이분을 만날 때마다 마음속 어둠이 마음 밖으로 흩날리는 기분을 느낍니다. 오늘도 우리 마음에 선선한 바람을 선물해줄 일타 심리 에세이스트 김희서 작가님, 모셨습니다. 안녕하세요.

🎙 안녕하세요. 반갑습니다. 오늘도 좋은 날입니다.

🎙 네, 작가님, 제 소개가 마음에 드시나요? 우리 메인 작가님이 그러시더라고요. 에세이스트라는 소개는 너무 약하다고, 작가님 정도면 심리를 다룬 에세이스트 중 일타라고요.

🎙 저야 아주 감사한 소개죠.

🎙 그렇다면 다행입니다. 왠지 오늘은 작가님과 계속 수다를 떨고 싶은 날이지만, 청취자 분들이 기다리시니까 오늘의 주제를 소개하겠습니다. 오늘의 주제는 '슬픈 예감은 틀리지 않아'입니다. 주제가 딱 자신의 마음이라며 사연을 보내주신 분이 참 많은데요. 서윤 님은 대학생인데, 교수님이 독감에 걸리셨대요. 그런데 왠지 휴강은 안 하실 것 같았대요. 그런데 그 슬픈 예감이 딱 맞았대요. 온라인으로 수업을 강행하신다고요. 애청자 진희 님은 이번 치과 치료는 너무 아플 것 같았는데, 정말 너무 아파서 허벅지를 꼬집으며 참았대요. 그래서 허벅지에 멍이 들었다고 눈물을 표시하는 유유를 열 개나 적어서 보내셨어요. 어떤가요, 작가님? 정말 슬픈 예감은 틀리지 않나요?

🎙 우선 진희 님의 사연을 생각해볼게요. 우리 그런 경험 많잖아요. 예방주사를 맞을 때 너무 아플 것 같다고 생각하면 진짜 예감처럼 아프잖아요. 그걸 미국 콜로라도 대학교 연구진이 실험했어요. 고통의 강도를 기대하는 건 자기 충족적 예언이 될 수 있다고 결론을 내렸죠. 말이 좀 어렵죠? 그 실험이 어떤 실험인지 설명 들으면 이해되실 거예요. 다양한 온도의 물체를 팔이나 다리에 대면서 얼마나 뜨거운지 묻는 실험이었어요. 물체를 몸에 대기 전에 '저온' 혹은 '고온'이라는 단어를 보여주는 게 이 실험의 핵심 설정이었죠. 온도는 단어와 관계없이 정했어요. 참가자들은 그 사실을 몰랐고요. 결론적으로 참가자들은 실제 온도와 상관없이 단어에 반응했어요. '고온'을 봤을 때 실제 온도보다 더 뜨겁게 느낀 거예요. 참가자들의 뇌를 자기공명장치로 촬영했는데, '고온'이라는 단어를 봤을 때 위협과 공포를 관장하는 두뇌 부위가 활성화됐대요. 아플 거라는 예상이 강할수록 뇌는 고통에 더 민감하게 반응하고, 고통에 대한 두려움이 더 커진 거죠. 진희 님의 치과 진료는 아팠을 거예요. 그런데 너무 아플 거라고 예상하지 않았다면, 조금 덜 아팠을지도 모르죠. 실제 고통보다 미리 고통을 예감했기 때문에 더 아프게 느껴졌을 수 있거든요.

🎙 아, 그러고 보니, 저도 예방주사 맞으러 갈 때 아플 거라고 예상하면 더 아프고, 저번보다 안 아플 거라고 믿으면 덜 아팠던 것 같아요. 그럼 미리 예상하거나 판단하지 않고 긍정적인 마음을 갖는 것이 도움되겠네요?

🎙 그럼요. 아까 서윤 님은 슬픈 예감대로 교수님이 수업을 강행했다고 하셨잖아요. 하지만 온라인으로 진행되었으니 학교에 가지는 않았잖아요. 만약 서윤 님이 학교에 가지 않아도 될 것 같다고 예감했다면, 그것도 맞은 거죠. 그런데 그건 기쁜 예감이잖아요. 아마 살면서 기쁜 예감이 맞았던 적도 많았을 거예요. 기억이 안 나는 것뿐이죠. 부정적인 감정이 더 선명하게 각인이 되기도 하고요.

🎙 아, 제가 오늘 도넛을 사왔는데요. 우리 피디님이 왠지 오늘 제가 이 도넛을 사올 것 같았대요. 그런데 그 말은 제가 지난 연말에 도넛을 사올 때도 똑같이 하셨거든요. 그래서 제가 지난번에도 똑같이 말했다고 했더니, 기억이 안 난다고 하더라고요. 기쁜 예감이 두 번이나 맞은 건데요.

🎙 오, 아주 적절한 예시인데요. 그런데 그건 한 살 더 나이

를 먹어서 온 기억력의 노화일 수도 있지 않을까요?

🎙️ 하하, 인정합니다. 피디님 표정을 보니 인정하지 않는 것 같지만, 요즘 깜박깜박하시는 걸 자주 보아서 저는 인정이 됩니다. 근데 작가님, 괜찮으시겠어요? 나가시다가 우리 피디님이 발을 걸지도 몰라요.

🎙️ 괜찮습니다. 그 슬픈 예감은 틀릴 거라고 확신하거든요. 저렇게 성품 좋고 미모가 뛰어난 피디님이 그러실 리가 없잖아요.

🎙️ 하하, 피디님 표정이 금세 바뀐 걸 보니 그 확신이 맞을 수도 있겠네요. 아, 광고할 시간이네요. 광고 듣고 가시죠.

K는 스타벅스 2층 구석 자리에 앉아 라디오를 들으며 키득거렸다. 김 경감은 아이스 아메리카노 두 잔을 들고 와서 탁자에 슬며시 놓고 앞에 앉았다. 하지만 K는 인기척을 느끼지 못하고 라디오에 빠져 있었다. 김 경감은 그런 K를 흐뭇하게 바라보며 탁자를 톡톡 두드렸다. 그제야 K는 김 경감을 발견하고 이어폰을 뺐다.

"아, 아저씨! 언제 오셨어요?"

"방금! 이모가 나오는 라디오 듣고 있구나."

"네, 이모가 이제 심리 에세이스트 중의 일타라고 소개되네요. 잘 마실게요."

"나도 너희 이모 책 읽어봤는데, 진짜 내 마음을 들킨 것처럼 뜨끔할 때가 많더라고. 일타 맞는 것 같다."

"인정합니다!"

"암튼 인정은 빨라서 좋다. 그런데 우리 저기 좀 밝은 자리로 옮길까? 여기가 너 지정석인 건 소유한테 들어서 아는데, 손님 만나야 하니까 좀 밝은 쪽이 좋을 듯하네."

"아, 좋아요. 벌써 복순 모델님 오실 시간이네요."

K와 김 경감은 창가 쪽 넓은 자리로 옮겼다. K는 떨리는 마음이었다. 하지만 이모의 말처럼 기쁜 예감을 갖기로 했다. '구름이를 살리지 못하면 어쩌지.'에서 '구름이를 꼭 살릴 수 있을 거야.' 쪽으로 마음을 당겼다. 팽팽한 줄다리기였다. 언제나 부정적인 마음은 힘이 세니까. 하지만 긍정적인 마음은 빛이 있다. 어둠이 그 빛에 눈이 부셔 눈살을 찌푸릴 때 줄을 힘껏 잡아당겼다.

K의 줄다리기를 느꼈는지, 김 경감은 두 주먹을 쥐고 나지막한 소리로 "파이팅."을 외쳤다. K도 웃으며 "파이

팅.”을 외쳤다.

그때 복순이 보였다. 한눈에 알아볼 수 있었다. 김 경감은 '시니어 모델'이란 말에 딱 맞는 사람이 있다면 아마 복순일 거라고 생각했다. 170센치의 키에 잘록한 허리, 굵게 웨이브된 갈색 머리, 단추가 다 잠겨 있는 검은 재킷이 한눈에 들어왔다. 통이 큰 연한 청바지와 흰색 운동화는 그녀의 패션 센스를 말해주었다. 주름이 그대로 드러난 얼굴은 나이를 감추진 못했지만, 붉은 립스틱과 당당한 표정은 나이를 무색하게 했다.

김 경감이 걸어 나가 복순을 맞이했다. 복순은 고개를 끄덕이며 미소를 지었다. 김 경감이 자리로 안내했고, K는 고개를 깊이 숙여 인사했다.

"아, K! 김 경감님께 들었어요. 사람 살리는 일을 해줘서 고마워요."

"아닙니다. 이렇게 나와주셔서 감사합니다."

"뭐, 나야 구름이 덕에 그대들 하는 일에 숟가락 하나 얹는 건데, 영광이죠. 사람으로 태어나서 이런 기회를 저버리면 되겠어요?"

복순의 웃음에 K는 엄마를 떠올렸다. 꿈에서 만나려고 해도 희미하게조차 떠오르지 않던 엄마가 복순을 보니 떠올랐다. 그 당당한 웃음과 또렷한 말투는 지금 복순의 것인데, 오래전 엄마의 것이기도 했다.

"나, 음료는 마셨어요. 일찍 도착해서 스케줄 정리를 하느라고 1층에서 마셨으니까 안 시켜도 돼요. 둘은 이미 마시고 있으니 내가 사주고 싶은 마음은 접어두었다가 다음 만남 때 펼게요. 구름이 살리는 거, 내가 생각해봤는데 내 목소리 가지고는 약해요. 구름이가 날 좋아하고 나도 구름일 좋아하지만, 딱 그 정도예요. 나 때문에 죽을 마음을 바꿀 정도는 아닌 거죠."

K의 마음은 다시 줄다리기를 시작했다. 어두운 마음은 잠시 휴식을 취한 뒤 더욱 힘이 세진 것 같았다. 이대로 넘어가야 하나, K는 불길해졌다. 그러나 김 경감은 아니었다. 오히려 그 말에서 희망을 보았다.

"그 정도는 아니니 다른 생각이 있으시단 거죠?"

"맞아요. 정확하시네."

K는 조금 안심이 되었다. 기쁜 예감이 힘을 더 내어주길 빌었다.

"말자가 정신을 아예 놓은 건 아니에요. 아, 말자는 구름이 할머니. 옛날 이름들은 왜 그렇게 촌스러운가 몰라요. 복순이랑 말자가 친구라니, 웃기지 않아요?"

김 경감은 웃었고, K는 긴장하고 듣느라 웃을 타이밍을 놓쳤다.

"말자가 가끔 정신이 돌아와요. 내가 세 번 가면 한 번은 날 알아보거든요. 정신이 드는 날, 내가 영상을 찍어서 줄게요. 구름이도 할머니가 살라고 하면 살 거예요. 지 할머니를 엄청 끔찍하게 생각하는 애거든."

결국 K의 줄다리기는 빛이 이겼다. 이모의 말이 맞았다. 구름이를 살릴 수 있다는 확신이 K의 마음을 가득 메웠다.

김 경감도 안도의 한숨을 내쉬었다. K에게 말은 안 했지만, 긴장을 한 건 김 경감도 마찬가지였다.

같은 시각, 경식과 소유는 센터 회의실에서 롱패딩을 기다리고 있었다. 롱패딩은 살자클럽 고객이었다. 본명은 김우빈인데, 살자클럽 운영진은 롱패딩이라고 부른다. 죽겠다고 옥상에 올라간 날, 롱패딩이 롱패딩을 입고 있었기 때문이다. 소유는 오랜만에 롱패딩을 만날 생각에 설렜다. 경식이 소유에게 물었다.

"너, 너무 기다리는 거 아니야? 뭔가 설레는 표정인데?"

"오, 정답! 당연히 설레지. 이게 얼마 만에 보는 건데?"

"그거뿐이냐?"

"그럼 뭐가 또 있어야 해?"

경식은 고민했다. 질투가 났다고 말할 수는 없고, 뭐가 더 있어야 하는 것도 아니니까. 하지만 소유는 경식에게 질투 난다는 대답을 듣고 싶었다.

"너, 혹시?"

"응, 나도 설레. 그래서 물었어."

경식의 심드렁한 대답에 소유는 토라졌다. "흥! 나도 너 만나는 거보다 더 설레거든."이라고 한마디를 톡 쏘아주고 싶어서 경식을 흘겨보았는데, 롱패딩이 문을 벌컥 열어버렸다.

"내가 왔다!"

롱패딩은 검은색 긴 카디건을 입고 있었다.

"하하, 롱패딩! 이번엔 롱가디건이냐?"

경식이 웃으며 물었다.

"네가 아무리 다른 걸 입어도 우리에겐 롱패딩이지. 엄청 오랜만이다!"

소유는 경식에게 토라진 마음을 얼른 숨기고 롱패딩을 반겼다.

"나는 뭐 계속 롱패딩이어야 하는 운명인 거냐?"

"그럼! 한 번 롱패딩은 영원한 롱패딩이지."

경식은 하이파이브를 하려고 오른손 손바닥을 폈다. 우빈은 눈살을 찌푸리면서도 하이파이브를 해주었다. 소유는 그 모습을 보고 웃음이 났다.

"어때? 서울 생활은 할 만해?"

경식의 물음에 우빈은 경식을 한심하게 보며 말했다.

"경기도 고평도 시골은 아니거든?"

"그래도 동생이랑 같이 지내니까 좋지?"

소유의 물음에 우빈은 환하게 웃으며 고개를 끄덕였다. 우빈은 살자클럽과 김 경감의 도움으로 죽지 않았고, 경기도 고평의 은하수 쉼터로 갔다. 하지만 동생이 서울의 보육원에 있었다. 우빈은 동생과 함께 살고 싶었고, 동생도 그랬다. 김 경감은 우빈을 동생이 있는 보육원으로 보낼지, 동생을 우빈이 있는 쉼터로 보낼지 고민했다. 그러다가 서울시에서 그룹홈을 늘린다는 소식을 들었다.

그룹홈은 보호가 필요한 아이들 몇 명과 보호자를 대리하는 관리인이 시설이 아닌 집에서 함께 사는 제도다. 시설보호보다 가정보호가 더 필요하다는 점에서 착안하여 도입된 제도인데, 수요에 비해 턱없이 부족했다.

김 경감을 비롯해 그룹홈을 늘려야 한다고 생각하는

어른들이 청원도 하고 서명도 받고 노력했지만, 통과되지 않았다. 그런데 복지 정책에 관심이 많은 새로운 시장으로 바뀌면서 여러 가지 정책이 마련되었다. 그중 하나가 그룹홈을 늘리는 것이었다.

김 경감은 그 소식을 듣고 우빈과 동생의 입주를 신청했다. 입주 1순위 항목 중에 '다른 시설에 떨어져 있는 청소년 중에 함께 살기를 원하는 형제·자매·친구'가 있었기 때문이다.

우빈과 동생의 입주가 결정된 날, 우빈은 살기를 잘했다며, 동생하고 함께 살아보지도 못하고 죽을 뻔했다며 울었다. 소유는 먼저 떠난 동생이 떠올라서 같이 울었다. 김 경감은 딸 민지가 떠올랐고, K는 엄마가 떠올랐다. 경식은 함께 살고 있는 아빠가 떠올라 코끝이 찡해졌다. 하지만 모두 우빈의 기쁨을 같이했다.

"오, 롱패딩!"

김 경감이 들어오며 말했다.

"오, 우빈아!"

K가 들어오며 우빈을 반겼다.

"역시 내 이름 제대로 불러주는 건 너밖에 없다니까.

정말 아저씨까지도 롱패딩이라니! 실망이에요."

김 경감은 우빈의 머리를 흐트렸다.

"아저씨는 내가 무슨 꼬맹인 줄 아시는 거예요?"

"꼬맹이지. 죽으려다 살아났으니, 다시 나이를 매겨야
지. 그럼 이제 두 살인가?"

김 경감 말에 모두 웃었다. 우빈의 휴대폰이 울렸다.

"어, 내 동생 도착했대."

우빈은 문자를 확인하며 말했다.

"아, 맞다. 오늘 동생도 같이 인사 온다고 했지?"

우빈은 K가 말을 끝내기도 전에 서둘러 나갔다. K는
경식과 소유에게 복순을 만나 나눈 이야기를 전했다.

"그럼 이제 복순 할머니가 말자 할머니 영상을 잘 녹
화해오길 바라야겠네요."

소유가 말했다.

"응, 나는 구름이 친구가 누군지 찾아볼게."

김 경감이 말했다. 소유와 경식은 구름이를 꼭 살릴
수 있을 것 같아 안심이 됐다. 우빈이 동생과 함께 들어
왔다.

"짠! 제 동생을 소개합니다!"

동생은 쑥스러운 표정으로 꾸벅 인사를 했다. 우빈의

동생은 통통하고 귀여운 외모를 가졌다. 양쪽 볼에 사탕을 한 개씩 물고 있는 것 같았다. 소유의 눈에는 그 볼도, 단발머리도, 미키마우스가 그려진 티셔츠도, 흰색 단화도 귀엽게 보였다.

"안녕하세요, 소유 언니죠? 오빠한테 얘기 많이 들었어요. 나는 윤하예요."

"아, 김윤하? 반가워."

소유가 손을 내밀었다. 윤하는 악수하며 말했다.

"김윤하 아니고, 그냥 윤하요. 윤이 성이고, 하가 이름이요. 웃음소리 하 자를 써요. 항상 웃으라고 아빠가 지어준 이름이에요."

"김우빈 동생인데 윤 씨야?"

경식이 고개를 갸우뚱하며 물었다.

"우리, 정상가족 이데올로기에 빠지지 말자. 한 명의 아빠와 한 명의 엄마, 그리고 그 둘 사이에서 태어난 자녀로만 이루어진 게 아니잖니, 가족은?"

김 경감의 말에 살자클럽 운영진은 고개를 끄덕이며 동의했다. 경식은 바로 사과했다.

"미안. 나도 우리 아빠랑 성이 다르면서 남매도 그럴 수 있단 건 생각을 못 했네. 정말 미안해."

"괜찮아요. 사람들이 제 이름을 듣고 성이 따로 있다는 생각을 할 때가 많아요. 오빠도 그런 건데요, 뭐. 우빈 오빠가 김 씨니까 당연히 김 씨라고 생각했을 거고요. 가족에 대한 편견이 없더라도 자연스럽게 그렇게 생각될 수 있잖아요."

우빈이 동생은 사과를 너그럽게 받아주었다. 경식은 그 마음에 감동했다.

"와. 너, 마음이 완전 넓은데? 사과 받아줘서 고마워."

우빈은 흐뭇하게 웃으며 말했다.

"역시 내 친구들은 편견에서 자유롭다니까. 윤하 말처럼 우린 아빠가 달라. 근데 같기도 해. 난 윤하의 아빠, 그러니까 우리 아빠밖에 몰라. 날 낳아준 아빠는 본 적도 없어."

"오, 나랑 똑같다! 난 본 적은 있지만, 지금 아빠만 아빠야."

우빈은 경식에게 하이파이브를 제안했다. 경식은 제안을 흔쾌히 받아들였다. 둘의 손바닥은 부딪히며 경쾌한 소리를 냈다. 윤하는 그 모습을 보고 웃으면서 아무도 예상하지 못한 무거운 말을 뱉었다.

"아, 그리고 혹시 구름이라는 친구가 메일 보내지 않

았어요? 저랑 제일 친한 친구예요."

"어? 네가 구름이 친구라고?"

K가 깜짝 놀라 물었다. 윤하의 밝은 얼굴에 금세 먹구름이 한가득 드리웠다. 하루종일 화창할 거라는 예보와 달리 갑자기 변덕을 부리는 하늘 같았다.

"맞아요, 언니. 살려주세요, 구름이. 나, 구름이 없으면 진짜 못 살아요."

"걱정하지 마. 꼭 살릴 거야. 그럼 네가 우리 이메일 알려준 거야?"

윤하는 고개를 끄덕이며 말했다.

"구름이는 내색하지 않으려고 했지만 저는 구름이가 점점 더 우울해지고 있다는 게 느껴졌어요. 언니한테 가고 싶다는 이야기도 부쩍 자주했고요. 너무 걱정되어서 오빠한테 말했는데, 오빠가 살자클럽 때문에 살아난 이야기를 해줬어요. 그래서 내가 구름이한테 일부러 말했어요. 이메일로 죽고 싶은 사연을 보내면 자살을 도와주는 클럽이 있다고 들었다고요. 너무 나쁘지 않냐고, 막흥분하면서요. 안 그러면 내가 모르는 사이에 구름이가 사라져버릴 것 같았어요."

소유가 윤하에게 가서 손을 잡고 등을 토닥이며 말했다.

"당연하지. 우리가 살릴 거야. 꼭 살릴 거야. 잘했어. 너무 잘했어."

윤하의 얼굴에서 먹구름이 하나씩 사라졌다.

K는 복순의 말을 떠올렸다.

"오빠랑 친구가 같은 날 떠났어요. 그 충격으로 나는 배 속 아기를 잃었죠. 우리 부모님과 친구의 부모님은 사는 내내 그날 멈춰버린 시계를 안고 사셨어요. 물론 나도 그랬고요. 사랑하는 사람을 잃으면 시계가 멈추잖아요. 시간은 가는데, 멈춰버린 시계 하나가 마음의 벽에 딱 걸리죠. 멈춰 있으니 매번 보게 되지는 않아도 문득문득 보게 되잖아요. 볼 때마다 참 많이 아프잖아요. 하지만 그거 알죠? 나는 약하지만 우리는 강해요. 멈춰버린 벽시계를 하나씩 안고 있는 그대들은 우리라서, 우리니까, 할 수 있을 거예요."

K는 각자의 마음에 걸린 멈춰버린 시계를 떠올렸다. 그리고 윤하의 마음에 그 벽시계를 하나 더 걸 수는 없다고 생각했다. K가 말했다.

"그거 알아? 슬픈 예감도 틀릴 수 있고, 기쁜 예감이 틀리지 않을 수도 있다는 거? 난 구름이가 꼭 살 거라는 예감이 들어. 그 예감은 꼭 적중할 거야. 복순 할머니가 그러셨어. 나는 약하지만 우리는 강하다고. 우리는 우리니까 꼭 살릴 수 있을 거야."

"당근!"

경식과 소유, 우빈이 동시에 말했다. 윤하도 웃으며 "당근."을 외쳤다. 정 경위가 들어왔다.

"외근 다녀오느라 좀 늦었어요. 지금부터 참여해도 되죠?"

"응, 우선 당근을 외치면 돼요."

김 경감이 말했다. 정 경위가 어리둥절했다.

"당…… 근이요?"

"네, 언니. 당근이요! 우리 구호예요. 이제 언니가 외칠 차례예요."

"아, 오키. 당근!"

"그럼 내가 마지막이군. 나도 당근!"

김 경감이 외쳤다. 모두 흐뭇한 표정으로 서로를 보았다. 소유가 정 경위의 팔을 붙잡고 말했다.

"언니, 우리는 할 수 있어요. 우리니까!"

모두 큰소리로 웃었다. 윤하는 우리라는 말이 괜히 좋아서 몇 번을 되뇌었다. 그리고 그 '우리'에 구름이도 포함되기를 바랐다. 생일 초를 불며 소원을 빌 듯이 간절하게.

06

너무 외롭고 춥거든 생각해,
봄이 오고 있다는 얘기야

사랑 요양병원 307호 앞, 복순은 그늘진 얼굴로 병실 문을 한참 바라보고 서 있다. 고단한 일상의 한 줄기 빛이 되어준 말자가 이 안에 있다는 사실이 여태껏 믿기지 않는다.

복순은 크게 심호흡을 하고 잔뜩 가라앉은 마음을 억지로 끌어올렸다. 그리고 다시 가라앉기 전에 얼른 문을 열었다.

"아유~ 우리 김말자 씨, 오늘은 마음에 해가 좀 뜨셨나?"

"그럼 뭐 내 마음에는 맨날 해가 지겠냐?"

말자가 복순을 알아보았다. 복순의 마음이 가라앉기는커녕 두둥실 떠올랐다. 세 번에 한 번은 멀쩡하게 자신을 맞이하던 말자가 요즘 들어 세 번을 다 못 알아보고 헛소리를 했다. 그래서 오늘 발걸음이 유난히 무거웠는데, 말자는 역도 선수처럼 그 무게를 단숨에 들어올렸다. 복순은 말자 옆에 앉아 한껏 들뜬 목소리로 너스레를 떨었다.

"어우, 그럼 그럼. 우리 말자 씨, 맨날 해가 질 리가 있나. 오늘은 엄청 화창한 모양이네. 봄이네, 봄."

"벚꽃도 다 졌는데, 봄은 무슨. 너는 저번에 무슨 쇼 한다는 건 잘했고?"

"얘는, 이 안에 있으니까 까먹었니? 벚꽃이 져도 봄은 안 져. 쇼는 잘했지. 내가 누구냐? 우리 말자 씨 베프잖아. 베프."

"베프? 그게 뭐야?"

"구름이한테 요즘 말 좀 배워. 베스트 프랜드. 단짝 친구."

"흐흐, 그래야겠네. 다음엔 우리 구름이 좀 데리고 와. 보고 싶어."

"응, 꼭 데리고 올게. 아, 맞다. 너 영상 하나 찍어야 돼."

"무슨 영상?"

"구름이 학교에서 친구들이랑 조부모 인터뷰? 뭐 그런 걸 한다더라."

말자는 벌떡 일어나서 환자복 단추를 풀기 시작했다. 복순이 말자의 손을 잡으며 말렸다.

"뭐하는 거야, 갑자기. 그새 정신을 놓은 거야? 내가 누구야?"

"무슨 소리야. 내 친구 복순이지. 영상 찍어야 한다며? 옷 갈아입어야지. 이 옷 입고 찍으면 우리 구름이 놀림받아. 하나 있는 할머니가 환자라고."

복순은 주책없이 터져나오려는 눈물을 삼키며 말했다.

"에고, 맞네. 똑똑한 내 친구. 그럴 줄 알고 내가 옷을 챙겨왔지."

복순은 쇼핑백에서 꽃무늬 티셔츠와 분홍색 주름치마, 회색 카디건을 꺼냈다.

"이건 너무 화사하지 않아?"

"화사해야지. 구름이 할머니가 참 화사하다는 소리 들어야지."

말자는 환하게 웃으며 옷을 갈아입었다. 복순은 간호

사의 허락을 받고 병원 앞마당으로 말자와 함께 나갔다. 말자는 깊은 숨을 들이쉬고 내쉬며 바깥공기를 느꼈다. 복순은 겹벚꽃나무 앞으로 말자를 끌어당겨 세웠다.

"아직 이 벚꽃은 말짱하네. 여기서 하자."

"그래. 어떻게 하면 돼?"

"내가 질문을 외워왔어. 몇 개 안 되더라고. 내가 휴대폰 카메라 켜고 질문할 테니까 대답하면 돼."

말자는 고개를 끄덕이고 침을 꿀떡 삼켰다. 복순은 그런 말자가 귀여워 피식 웃고는 비디오 녹화 버튼을 눌렀다. 복순도 왠지 떨려서 심호흡을 하고 질문을 시작했다.

"아아, 김구름 할머니, 김말자 씨! 이제 질문을 시작하겠습니다. 준비되셨습니까?"

"네네, 그럼요."

말자는 손빗으로 머리를 몇 번 쓸어 넘겼다.

"그럼 질문할게요. 구름이를 처음 봤던 때를 기억하십니까?"

기억을 더듬던 말자의 얼굴이 겹벚꽃처럼 피었다.

"그럼요. 지 엄마 품에 쏙 안겨서 왔는데, 하늘에서 천사가 왔나 했어요. 어찌나 뽀얗고 새초롬한지……. 우리 하늘이를 처음 봤을 때도 꿈만 같았는데, 구름이를 봤을 때도 참말, 꿈 같았어요. 그 뽀얀 피부는 나를 닮은 거예요. 지 엄마는 시커매요. 나 안 닮았거든요."

복순은 말자의 말이 웃겼는데, 도리어 눈물이 나서 참느라 목이 메었다.

"구름이 키우면서 힘들 때는 없었나요?"

"힘들 때는 없었어요. 내내 힘들었거든요. 힘들 때가 따로 있으면 얼마나 좋아, 한시도 가만히 있지를 않았어요. 눈을 뗄 수가 없으니 눈은 빠질 거 같고, 늙은이 체력으로 따라다니려니까 화장실 갈 시간도 잘 나지 않았어요. 아주 진짜 힘들었는데, 예뻤어요. 힘들었던 거에 비하면 백 배는 더 예뻐서 땀을 뻘뻘 흘리면서도 웃음꽃이 피더라고요."

"행복했겠어요. 구름이도 살면서 행복할 때가 있을 텐데요. 그럴 때 할미로서 어떤 말을 해주고 싶으셔요?"

"인생에 봄이 왔고만. 즐겨. 꽃도 보고 새소리도 듣고 소풍도 가고 친구도 만나고 많이 웃어. 할미가 살아보니까 살 만하면 끝나는 게 인생이더라고. 살 만해지니 끝이 보여서 영 아쉬워. 그러니 살 만할 때 그 삶을 만끽혀. 아무 생각하지 말고 즐겨. 엄마랑 언니가 떠난 건, 이미 그런 걸 어쩔 거여. 돌이킬 수 없는 건 묻어. 마음에 묻

자. 할미는 너더러 언니 몫까지 살아라, 그런 무책임하고 모진 말 안 혀. 자기 몫을 살아내기도 힘든 게 인생인데, 누구 몫을 더 살아낼 수 있겠어? 네 몫만 살어. 대신, 네 몫만큼은 다 챙기고 누리면서 살어. 꼭 그렇게 살어."

복순은 눈물을 더 참아내지 못하고 흘렸다. 목멘 소리로 인터뷰를 이어갔다.

"구름이가 살면서 죽고 싶을 만큼 힘들 때도 있을 거 아니야. 그런 날이 오면 뭐라고 말을 해주고 싶어?"

"할미가 살아보니까 인생에도 사계절이 있어. 힘들 땐 앞이 캄캄하고 춥고 계속 겨울인 것 같지만 생각해봐. 우린 봄과 여름과 가을을 지나쳐 왔어. 겨울이 길어도 봄은 오잖아. 너무 외롭고 춥거든 생각혀. 봄이 오고 있다는 얘기야. 그러니까 지금 있는 겨울만 믿지 말고 곧 올 봄을 믿어. 니가 하도 안 와서 할미가 문밖으로 나와 서성이면 니가 곧 오더만. 그래서 할미는 한 번도 니가 안 올 거라고 생각한 적이 없어. 꼭 올 거라 믿으면 어느새 저기서 오고 있더라고. 봄도 그려. 겨울이 아무리 길어도 봄은 반드시 와. 니가 생각한 것보다는 재빨리 올 거여."

말자의 볼에 눈물이 흘렀다. 복순은 녹화를 정지하고

말자에게 가서 어깨를 토닥이다가 꼭 안았다. 언젠가 배 속에서 잃었던 아기를 품에 안은 것처럼 따뜻하고 애절했다. 자신이 안고 있는데 안겨 있는 것 같은 이상한 기분이 들었다. 복순은 토라진 아이를 달래듯 포근한 시선으로 말자의 눈을 보며 손을 꼭 잡고 말했다.

"그래, 봄은 꼭 또 오지. 이미 오고 있는지도 모르지. 그치?"

"남사스럽게 왜 이려. 그리고 아직 봄이야. 꽃 안 보여?"

"그러게. 봄이네. 아직, 봄이야. 벌써, 봄이야."

복순과 말자 사이로 꽃잎 하나가 툭 떨어졌다. 마치 둘의 대화에 봄이 맞장구를 치는 것처럼.

"오빠!"

윤하가 우빈을 불렀다. 우빈은 싱긋 웃으며 윤하를 따라갔다. 소담스럽게 핀 겹벚꽃나무가 보였다. 윤하는 그 앞에 서서 옷매무새를 가다듬었다.

"오빠, 나 여기서 사진 찍어줘. 알지? 다리 길게 나오게 찍어야 돼."

"응, 근데 여기 벚꽃은 뭔데 아직 피어 있어?"

"애는 겹벚꽃이야. 좀 느려, 오빠처럼. 일반 벚꽃보다 좀 늦게 펴. 우리 동네에 얘가 있는 거 소문나고 있어서 진짜 좀 있으면 줄 서야 할 수도 있어. 그니까 빨리 찍어줘."

"응응, 알겠어."

우빈은 휴대폰을 꺼내 각도를 조절하고 신중하게 촬영 버튼을 눌렀다. 몇 장을 더 찍고는 윤하에게 가서 확인을 받았다. 윤하는 직원의 서류를 검토하는 대표처럼 꼼꼼하게 사진을 살폈다. 그리고 한 장을 보여주며 "이건 좀 쓸 만한데, 좀 부족. 다시 찍어줘." 하고 포즈를 잡았다. 우빈은 긴장한 표정으로 사진 몇 장을 더 찍었다.

"됐어?"

"아니, 오빠. 이렇게 몇 장만 더."

윤하는 뒤돌아서 오른손을 올려 브이를 그렸다. 우빈은 그런 윤하가 귀여워 피식 웃으며 정성을 다해 사진을 여러 장 더 찍었다. 윤하는 그 사진 중 두 장을 통과시켜 주었다.

"오, 오빠. 똥손에서 금손 되어가는 중. 아, 아니 아직 금은 아니고 은손으로 하자."

"칭찬이지?"

"당근!"

"너 왜 자꾸 케이 말투 따라하냐?"

"오빠가 따라한 걸 내가 또 따라한 거니까, 난 오빠 말투 따라하는 거야. 재밌어, 당근."

"재밌긴 해."

윤하는 인스타그램에 사진 한 장을 올리고, 당근 이모티콘도 찾아서 올렸다. 그리고 옆에 '행복한 당근 둘'이라고 적었다. 바로 구름에게서 디엠이 왔다.

> 오빠가 찍어줌?

응!

> 와, 오빠 이제 똥손 탈출했네.

내가 오늘 은손 인정해줌.

> ㅋㅋ 나도 인정. 근데 오늘 저녁에 잠깐 시간 돼?
> 너희 집 앞 놀이터로 갈게.

그래!

윤하는 휴대폰을 보면서 오빠에게 손짓했다.

"오빠, 이제 가자!"

윤하가 앞서가고 우빈이 바로 따라 나섰다. 윤하는 식스틴의 노래를 흥얼거리며 고무공처럼 팅겨 오르면서 걸었다. 우빈은 묵묵히 윤하의 발걸음에 맞춰 걸었다. 집 앞에 거의 도착했을 때 우빈의 휴대폰이 울렸다. K의 카톡이었다.

> **K** 구름이에게 메일 보냈어. 내일 밤 열시, 미래아파트 2동 옥상에서 만나. 윤하 영상이 필요해. 구름이에게 하고 싶은 말을 찍어서 보내줘. 윤하도 오고 싶다면 미래아파트 단지 내에서 대기해도 돼. 1동하고 2동 밖에 없는 아파트라서 찾기 쉬울 거야. 위치는 어딘지 알아? 너희집하고 멀지 않은데.

> 응, 알아. 영상 오늘 밤까지 보낼게. 잘 부탁해. 나처럼.

> **K** 걱정 마. 그땐 아저씨의 존재를 몰랐지만 이제 우리에겐 아저씨가 있잖아. 문제없어. 알지?

> 응, 믿어.

우빈이는 윤하에게 휴대폰을 보여주었다. 윤하의 얼굴이 갑자기 어두워졌다.

"문제없어. 살자클럽 친구들이 꼭 살릴 거야. 믿지?"

윤하는 고개를 끄덕였다. 하지만 윤하의 표정은 여전히 어두웠다. 구름이가 안전할 거라 믿지만, 내일 죽음을 앞두고 만나자고 했을 거란 생각에 마음이 무거웠다.

K는 스타벅스에 앉아 우빈의 답을 한참 보고 있었다. 믿는다는 우빈의 답이 고마웠다. 구름이 죽지 않을 거라는 사실뿐 아니라 꼭 그렇게 만들고 싶은 자신의 마음까지 신뢰해주는 것 같았다.

"무슨 기분 좋은 일이 있나요?"

복순의 목소리였다. K가 고개를 드니 복순이 환한 미소를 짓고 서 있었다.

"아, 모델님! 진짜 감사드려요."

K는 벌떡 일어나 고개 숙여 인사했다.

"뭘, 내가 한 게 뭐가 있다고."

"영상 찍어주셨잖아요. 감사 인사도 드리고 구름이 살릴 계획도 말씀드릴 겸 뵙자고 했어요."

"말자 정신이 오늘 딱 말짱한 게 감사할 뿐이죠. 세 번에 한 번은 정신이 말짱했는데, 지난번에 세 번째 면회 때도 나를 못 알아봐서 주기가 늘어났나 했어요. 마음이 참 힘들더라고요. 그런데 오늘 딱 정신이 돌아와서 영상을 무사히 찍고 나니 오늘을 위해서 그랬구나 싶더라고요. 내일 구름이를 만나기로 했나요?"

복순은 떨리는 마음으로 물었다.

"네, 꼭 살릴 거예요."

"그래요. 그래야죠. 그럴 거예요."

"사실은 그래서 부탁 하나만 더 드리려고 해요. 내일 밤 열 시에 도진동 미래아파트에서 구름이를 만날 거예요. 우선 자살을 도와준다고 오라고 했고요, 오면 준비한 영상들을 보여주며 다시 살아주기를 부탁할 건데요. 그때 모델님도 계셨으면 좋겠어요. 지켜보고 계셨다가 언제든 나와서 하실 말씀이 생기시면 구름이에게 말을 걸어주세요. 다 낯선 사람들이라, 한 사람은 구름일 사랑하는 사람이 필요한데, 윤하는 아직 너무 어리기도 하고, 많이 떨리고 무서울 거예요. 울다가 말을 잘 못 할 것 같기도 하고요. 그래서 모델님이 나와주시면 좋겠다고 생각했어요. 괜찮으실까요?"

"근데 내가 모델님이라고 부르는 걸 좋아한다는 거 어떻게 알았어요?"

"헤헤, 저희 엄마가 생각나서요. 만약 할머니가 되더라도 배우라는 호칭으로 계속 불리고 싶다고 했어요. 나이에 따른 호칭보다 내 삶에 따른 호칭을 죽을 때까지 듣고 싶어, 배우는 내가 가장 좋아하는 내 삶이니까,라고 하셨거든요. 그 말이 복순 모델님을 뵈었을 때 떠올랐어요. 구름이야 할머니 친구니까 할머니라고 부르지만, 저는 그렇지도 않으니 모델님이라고 불러드리는 게 좋겠다고 생각했어요."

복순은 흐뭇한 얼굴로 K를 보며 말했다.

"하늘에서 엄마가 보면 아주 뿌듯하시겠네요. 우리 딸, 참 잘 컸네, 하고."

K는 고개를 끄덕이며 눈시울이 붉어진 채로 창밖을 보았다. 복순은 그 모습을 안쓰럽게 바라보며 말했다.

"울고 싶을 땐 울어도 돼요. 때론 눈물이 참 큰 도움이 되거든. 울고 나야 괜찮아지는 마음이 분명히 있어요. 나는 신이 준 선물 중에 웃음보다는 눈물이 더 큰 선물 같더라고요. 다 울고 나면 웃을 수도 있잖아요."

"가끔 울고 싶을 때도 있긴 한데요. 이렇게 참는 게 버릇이 되어서 저도 잘 안 돼요. 그런데 모델님 뵙고 자꾸 눈물이 나려고 하긴 했어요. 저희 엄마 생각이 많이 났거든요. 서른다섯 살의 엄마가 제가 본 마지막이라서 엄마가 더 나이 든 모습을 떠올린 적이 없어요. 지난번에 말씀하셨던 멈춰버린 시계처럼 엄마의 얼굴도 그 시간에 딱 멈춰 있었는데, 모델님을 보고는 이렇게 아름답게 나이 든 엄마가 딱 상상되더라고요.”

“고맙네요. 김기경 배우님은 나보다 훨씬 멋진 여성이었는데 날 보고 떠올려주다니.”

K가 눈을 동그랗게 뜨고 물었다.

“엄말 아세요?”

“아유, 그 시절에 살았는데 김기경 모르면 간첩이죠. 지금이야 연극하고 뮤지컬하는 배우도 사람들이 많이 알지만, 그땐 사람들이 아는 연극배우는 김기경 하나다, 라고 해도 과언이 아니었어요. 지금보다 불공평한 세상이었다는 게 안타까울 뿐이죠. 대한민국은 멋진 여성을 한쪽 눈만 뜨고 보는 경향이 있거든요. 우리 시니어 모델도 남성이 훨씬 많은데, 남성 모델을 보면 멋지다, 나이 들어도 체력관리를 하다니 존경할 만하다, 하거든요. 근데 여성 모델들은 많이 놀았을 것 같다, 몇 번이나 이혼을 했댄다……. 이렇게 떠드는 사람들이 많아요. 뭐, 그런 말 같지도 않은 소리에 굳이 대답하진 않지만, 짜증나죠. 그러니 그 시절에는 짜증나는 일이 얼마나 더 많았겠어요. 근데 그거 알아야 해요. 잘 몰라서 떠드는 사람들의 말, 그건 떠드는 사람 잘못이지, 듣는 사람 잘못 아니거든요. 엄마는 최고의 배우였고, 진짜 멋진 여성이었어요."

K의 눈에서 눈물이 반짝였다. 자신도 모르게 마음을 탈출한 눈물이라 민망했지만, 눈물이 참 큰 도움이 된다는 복순의 말을 붙잡았다. 복순은 창밖을 보며 K의 눈물을 모른 척해주었다. K는 흐르는 눈물을 닦지 않고 자연스럽게 내버려두었다.

이상한 기분이 들었다. 마음속에 꽁꽁 묶어두었던 바위 하나가 풍선처럼 가벼워져 둥실 떠오르는 기분. 뭔가 홀가분해졌는데, 그게 무엇인지는 몰랐다. 그래도 좋았다. 다음에는 풍선을 톡 터트려도 괜찮을 것 같았다.

"윤하야!"

윤하는 구름의 밝은 목소리가 안쓰럽고 마음이 아팠다. 하지만 내색할 수는 없으니 애써 밝은 웃음을 지으며 구름을 맞이했다.

"맨날 늦는 김구름~ 어쩐 일로 먼저 오심?"

"웃겨. 내가 언제 맨날 늦음?"

둘은 웃으며 항상 함께 앉던 벤치에 앉았다. 구름은 윤하에게 쇼핑백을 내밀었다.

"뭐야?"

"선물!"

윤하는 쇼핑백을 열어보았다. 작은 상자가 있었고, 상자 안에는 여러 가지가 들어 있었다. 구름이 설명해주었다.

"이건 하늘 언니가 찍어준 우리 사진, 이건 저번에 국어쌤이 하늘 좀 보래서 나가서 같이 보던 하늘 사진, 이건 우빈 오빠가 찍어준 우리 사진이야. 그리고 이건 '연대의 별'이라는 배지야. 별 네 개가 연결되어 있잖아. 각각 희생자, 생존 피해자, 지역 주민과 상인, 그리고 공적 구조자와 우리를 의미해. 옛날에는 재난을 '별들이 길을 잃어 생긴 것'이라고 여겼대. 그리고 편지는 쓰려다가 안 썼어."

"아, 왜?"

"그냥 별로 할 말이 없어서."

"왜 막 내 이름만 불러도 울 거 같아서는 아니고?"

맞았다. 구름은 '윤하에게'라고만 써도 눈물이 나서 편지지 몇 장을 버리고 결국 쓰지 못했다.

"웃겨. 아니거든!"

반대로 말하는 구름의 대답에 윤하는 자신의 말이 맞았다는 걸 눈치챘다.

"근데 갑자기 무슨 선물을 주고 그래? 무슨 일 있어?

어디 가?"

"아니. 그냥 너 주고 싶어서."

구름은 차마 내일 영원히 떠날 거라고 말하지 못했다. 윤하도 차마 너를 꼭 살릴 거라고 말하지 못했다.

"윤하야, 그거 알지? 우리 언닌 나랑 영원히 살고 싶어했어. 언니가 떠났지만 그 마음은 변하지 않아. 그거 알지?"

"당연히 알지!"

"나도 그래. 나도 너랑 영원히 함께이고 싶어. 이 마음은 무슨 일이 있어도 변하지 않아."

"그 맘도 완전 알아."

구름과 윤하는 서로를 보며 웃었다.

윤하는 구름과 나눴던 대화가 떠올랐다. 봄이 오는데도 계속 춥다는 구름의 말. 봄이 왔어도 구름은 여전히 겨울이었다. 꽃이 피고 지는 걸 보면서도 구름의 마음은 여전히 겨울에서 꼼짝하지 않았다. 윤하는 때론 햇살이 되고 때론 따뜻한 바람이 되어서 그 겨울을 녹여주고 싶었다.

마음처럼 쉬운 일은 아니었다. 하지만 쉽지 않다고 포기해야 하는 건 아니다. 우빈의 어이없는 응원이 떠올랐다.

"포기는 배추 셀 때나 세는 단위이지, 우리 마음에 들어올 수 있는 것이 아니다!"

윤하가 우리 환경에 꿈은 포기해야 하는 게 아닐까 하고 물었을 때, 우빈은 슈퍼맨이 날아가는 듯한 포즈를 취하며 그렇게 외쳤다. 윤하는 고개를 저으며 못 말린다는 표정으로 답했지만, 이상하게 힘이 됐다. 그리고 힘이 빠질 때마다 그 힘은 다시 떠올라 윤하를 응원하곤 한다.

'그래, 포기하지 말자. 어렵다는 건 하기 힘들다는 거지, 할 수 없다는 건 아니니까.'

윤하는 꼭 구름이와 함께 봄을 살아내고 말 거라고, 굳게 다짐했다.

"구름아, 그거 알지? 겨울 다음에는 봄이야. 겨울 다음에 또 겨울은 없어."

구름은 고개를 끄덕이다가 하늘을 올려다보았다.

'하늘 언니가 살아 돌아오는 것 말고는 구름의 겨울을 녹일 방법은 없는 걸까?'

윤하는 생각하다가 고개를 저었다. 봄이 와도 고드름이 맺혀 있는 동네가 있다고 들었다. 그러니까 구름의 마음에 아직 고드름이 있다고 해서 봄이 올 수 없는 건 아니다. 하늘 가운데 밝은 달이 걸렸다. 내일의 달은 더 밝을 것이다. 고드름을 다 녹이진 못하더라도.

07

죽지 말라고 하는 사람보다
살고 싶게 하는 사람이 필요한 거야

소유는 삼촌과 함께 집을 나섰다. 소유는 센터에, 삼촌은 마트에 가는 길이었다. 햇볕이 강하게 내리쬐었지만, 적당히 부는 바람 덕분에 기분이 상쾌했다.

삼촌이 소유를 보며 물었다.

"너, 센터 가는 날이면 어디 간다고 말하지 않아도 삼촌은 안다."

"어떻게?"

"표정이 엄청 밝아져. 오늘 날씨처럼?"

"음…… 진짜 그렇긴 한 거 같아. 센터 가는 날이면 기분이 엄청 좋아지거든. 왜 그럴까?"

"센터에는 언제나 너를 환대해주는 사람들이 있잖아."

소유는 고개를 끄덕였다. '환대'라는 단어는 익숙하지 않은데, '환대해주는 사람들'이라는 말은 왠지 마음을 환하게 비추었다. 김 경감과 정 경위와 K와 경식, 모두 소유를 환대해주는 사람들이었다. 물론 소유도 기꺼이 그들을 환대한다.

"아무도 없는 것 같은 환경에서 그런 사람들을 만난 건 네 복인 것 같아. 하지만 잊지 마. 이제 우리 소유를 환대해주는 사람이 집에도 둘이나 있단 걸."

"앗! 몰랐다!"

"뭐어?"

소유는 지하철역 쪽으로 뛰어가며 손을 흔들었다. 삼촌은 그런 소유가 귀여워서 한참을 웃으며 서 있었다. 소유의 모습이 보이지 않을 때까지 소유를 보았다. 삼촌은 소유를 볼 때마다 고맙다. 그 시간을 견뎌주어 고맙고, 살아주어 고맙다. 그저 흐뭇하고 기특한 마음뿐이다.

탁자를 닦고 있던 정 경위는 활짝 핀 얼굴로 소유를 맞이했다.

"오~ 윤쏘! 오랜만!"

"헤헤, 언니. 계신지 모르고 노크를 못 했네요. 오랜만이에요. 잘 지냈죠?"

"당근!"

"우리 진짜 케이 덕분에 당근밭 되겠어요. 근데, 아저씨는 왜 언니랑 저만 부르셨대요?"

"몰라, 나도. 오시면 말씀해주시겠지."

노크 소리가 들렸다. 정 경위가 "네!" 대답하자, 김 경감이 들어왔다.

"오셨으니 말씀해주실 거죠, 아저씨?"

소유의 말에 김 경감은 "뭔지는 모르지만, 일단 당근!"이라고 대답했다.

"언니, 우리 이제 당근 좀 뽑아 먹어요. 당근이 풍년이에요, 아주."

"흐흐, 그러자. 뽑아서 중고 거래 좀 하자. 중고마켓 온도가 엄청 올라갈 듯. 근데, 경감님. 저희는 왜 부르셨어요?"

"아, 이제 얘기할게요. 앉아봐요."

김 경감은 사진 한 장을 먼저 보여주었다. 환하게 웃는 김 경감 옆에 한 여자아이가 심드렁한 표정으로 서 있었다. 소유는 여자아이의 머리가 먼저 눈에 들어왔다. 노랗게 탈색한 후 머리가 자라서 반은 노란색이지만, 다시 자라고 있는 머리는 짙은 갈색이었다. 정 경위는 여자아이의 눈을 보았다. 슬픈 눈은 아닌데 기쁨이 들어 있지는 않았다. 울고 있지는 않은데 곧 울음이 터져도 이상하지 않을 것 같았다.

"해빛이야. 이해빛. 이름 예쁘지? 이 녀석을 둘에게 부탁하려고."

김 경감은 둘에게 해빛의 이야기를 들려주었다.

해빛은 블로그에 자살 암시글을 올렸다. 언제 죽을 것이라고 올리기도 하고, 어떻게 죽을 거라고 쓰기도 했다. 자해에 대한 글도 자주 올렸다. 예고를 하기도 했고, 이미 실행하고 난 후 사진을 올리기도 했다.

자살 암시글을 본 누군가가 신고를 했다. 센터로 신고가 들어왔다. 김 경감이 출동해서 해빛을 만났다. 신원 확인을 하고, 자해 도구를 건네받고, 다시는 이런 일이 없도록 경고했다. 보호자를 만나서 잘 관찰해달라고 부탁하고 돌아왔다. 그게 마지막이길 바랐지만, 바람은 현실이 되지 않았다. 잊을 만하면 또 글이 올라왔다. 신고가 들어오기도 했지만, 신고가 들어오기 전에 김 경감이 먼저 발견해서 출동하기도 했다. 그러다가 해빛과 친해졌다. 처음에는 화만 내던 해빛이 어느 날은 반가워하기도 하고, 다시는 안 하겠다는 의미로 사진을 찍자고 했더니 입술을 삐죽대면서도 사진을 같이 찍어주었다. 그런데 며칠 전에 또 스스로를 해하고 사진을 올렸다.

　"너무 걱정되는데, 내가 아빠뻘의 어른이고, 남성이라 많이 조심스럽더라고. 이 녀석이 아빠에 대한 상처도 있거든. 가정에서 사랑을 느낀 적이 별로 없대. 내가 봐도 아빠가 딸을 대하는 태도를 점수 매기면 빵점을 주고 싶은 분이야. 그래도 한 동네에 좋아하던 오빠가 있어서 힘이 되었는데, 그 오빠는 순수한 마음이 아니었던가 봐. 강제로 스킨십을 시도했고, 거부해도 그만두지 않았어. 다행히 지나가는 분이 목격하고 신고해서 미수에 그쳤어. 그런데 무혐의가 나왔지 뭐야. 아휴, 얼마나 화가 나고 억울했겠어? 상담과 치료가 필요할 것 같아서 좋은 병원을 연결했는데, 마음을 굳게 닫아서 진전이 없네. 그래서 고민하다 보니 둘이 떠오르더라고. 이 녀석에게는 나 같은 삼촌보다 좋은 언니가 필요할 거 같아. 둘이 나보다 훨씬 더 녀석의 마음에 가까이 갈 수 있을 것 같기도 하고……. 아, 몇 년 전에 이 녀석이 어렸을 때부터 친언니처럼 따르던 언니가 하늘로 떠났거든."

정 경위와 소유는 서로를 보았다. 눈을 깜박이며 마음을 주고받았다. 같이 해보자고. 같이 살려보자고.

"경감님, 해볼게요. 꼭 살려볼게요."

"아저씨, 저도요."

"그래, 고맙다. 꼭 살려줘. 살리는 것도 중요한데, 좀 건강하게 살아갈 수 있게 도와줘. 그런 말이 있더라. 죽고 싶은 사람은 죽지 말라고 하는 사람보다 살고 싶게 하는 사람이 필요하다고. 이왕 살아가는 거 아프더라도 행복하게, 지금보다는 덜 아프고 조금 더 행복하게 살았으면 좋겠어. 이 녀석에 대한 자료랑 블로그 주소 등등 모아뒀던 거 다 넘겨줄게. 블로그는 자해나 자살 암시글이 발각되면 삭제해야 하는 규정이 있어서 지금은 그런 글이 없을 거야. 하지만 그동안의 글은 내가 모아두었어. 단톡방에 바로 올려줄게. 경위님, 소유랑 같이 잘 검토해주세요. 구름이 살리는 건 나랑 케이랑 경식이가 할 테니 지혜롭게 분담해서 두 명 다 살려봅시다. 단톡방 이름은 '해빛 살리기'로 할게요."

김 경감은 단톡방에 신속하게 자료를 올려주고 구름이를 살리기 위해 서둘러 나갔다. 정 경위는 노트북을 가져와서 자료들을 열었다.

"얼마나 힘들었을까."

정 경위는 자신도 모르게 한마디를 뱉어냈다. 소유도 같은 마음이었기에 바로 공감을 꺼낼 수 있었다.

"어떤 부분은 언니랑 나만큼, 어떤 부분은 우리보다 더 힘들었을 거예요."

"맞아, 고통은 참 눈치 채지도 못하게 잘 자라잖아. 하지만 아무리 무럭무럭 자라도 사람의 키를 넘지는 않았으면 좋겠어."

소유는 정 경위를 보았다. 정 경위의 따뜻한 마음이 느껴졌다. 시유가 살아 있다면 정 경위처럼 좋은 언니를 해줄 수 있었을까, 하는 생각이 들었다. 정 경위는 소유를 보고 입꼬리에 힘을 주며 웃었다. 동생 소유가 살아 있다면 이렇게 함께라는 이유만으로도 힘이 되고 좋았겠지, 하는 생각이 들었다.

미래아파트 2동 옥상에서는 준비가 한창이었다. 영상을 재생할 빔프로젝트를 설치하고, 시연해보았다. 복순이 숨어 있을 자리도 마련했다. K는 휴대폰 메모장에 적어둔 준비 목록을 보며 완료된 사항들을 체크했다. 그리고 구름의 예상 동선도 그려보았다. 김 경감은 옥상 입구에 들어서며 큰 숨을 몇 번 들이마시고 내 쉰 후에 말했다.

"케이야! 여긴 혹시 떨어질 경우를 대비하기가 비교적쉬워. 왼쪽으로는 실외기랑 장비들이 있어서 거기로 올라가서 떨어지기는 힘들고, 오른쪽도 잡동사니들이 가득 있어서 올라가기 어렵거든. 그러니까 이 옥상에서 떨어지는 건 정면으로만 가능한 거야. 그래서 정면 아래에만 에어매트를 설치했어. 준비 완료다!"

"어우, 진짜 아저씨 안 계셨음 살자클럽은 이미 폐업했을 거예요. 너무 감사해요."

"내가 할 소릴! 나도 살자클럽 없었으면 실직했을지도 몰라. 우린 하늘이 내린 콤비일 거다. 서수남과 하청일처럼?"

"그게 누구예요?"

"아, 콤비로 유명한 옛날 연예인. 너, 몰라?"

"아니, 아저씨도 '옛날 연예인'라고 말하는 사람들을 내가 어떻게 알아요? 저 이제 열아홉이에요."

"너 인생 3회차잖아."

"다시 태어나면서 이전 기억은 지워졌나봐요."

93

"흠, 그럼 서태지와 아이들로 하자. 운영진들까지 콤비이니까 '아이들'이 딱인 것 같다."

"오, 좋아요."

"서태지와 아이들은 아냐? 이제 열아홉인데?"

"이전 기억이 몇 개는 남아 있나봐요."

김 경감과 K는 큰 소리로 웃었다. 둘 다 긴장이 되면 일부러 농담을 하고 더욱 큰소리로 웃는다. 아무리 준비가 잘되어도 돌발상황이 생길 수 있고, 예상한 대로 되지 않을까봐 두려움도 크다. 하지만 둘 다 그 마음을 입 밖으로 꺼내지는 않는다. 뭐든 말하면 커지는 법이니까. 커져도 되는 기쁨은 몰라도, 커지면 안 되는 두려움은 꺼내지 않는 것이 좋다.

"두려움은 마음에만 있다가 마음에서 터지는 폭죽이었으면 좋겠어."

K가 언젠가 경식에게 한 말이다. 경식은 정말 딱 맞는 말이라며 맞장구를 쳤다.

"참, 경식이는 안 왔어?"

"경식이 여기 있습니돠!"

경식은 숨을 헐떡이며 올라와서 외쳤다.

"역시 저 생각하는 건 아저씨밖에 없군요. 감동입니다."

"하하, 그래. 근데 왜 이렇게 헐떡여?"

"오다가 우빈이랑 윤하를 만났어요. 윤하가 불안해서 저녁도 못 먹고 안 되겠다고 우빈이가 데리고 일찍 왔더라고요. 그래서 멀리서 지켜보다가 구름이가 올라가고 나면 1층 현관 안에 있는 의자에 좀 앉아 있게 해달라고 경비 아저씨께 말씀드리고 올라오는 길이었어요. 그러다 보니까 시간이 늦어져서 뛰어왔어요."

"오, 잘했다. 진짜 이제 한 시간도 안 남았네."

그 말에 K와 경식은 잠시 놓았던 긴장을 다시 붙잡았다.

"잘할 수 있어."

경식이 말했고 K는 비장한 표정으로 고개를 끄덕였다.

"똑똑, 안녕하세요."

김 경감과 경식과 K가 돌아보니 복순이 환한 웃음을 안고 서 있었다. K는 복순의 얼굴을 보니 이상하게 마음이 편해졌다.

"아, 안녕하세요. 와주셔서 감사해요."

복순은 "당연히 와야죠. 사람 목숨보다 중요한 게 어디 있나요."라고 답했다. 경식은 미리 배치해둔 의자로 복순을 안내했다. 복순이 의자에 앉으며 말했다.

"늙은이 위해서 의자까지 들고 오느라 애썼네요."

"아니에요. 혹시 추우실지 몰라 이것까지 준비했는 걸요."

경식이 핫팩 여러 개를 붙인 무릎담요를 건네며 말했다.

"아주 감동이네. 고마워요. 나는 그럼 여기 있다가 내가 꼭 말해야 할 것 같으면 나가면 되는 거죠? 아니면 가만히 있다가 다 끝나고 나가도 되고."

"네, 맞아요. 근데 아저씨 말이 꼭 나오셔야 할 타이밍이 있을 거래요."

"그래요. 내가 잘 볼게요. 사람의 삶에는 타이밍이 참 중요한 법이니까."

경식은 그 말에 아빠를 떠올렸다. 아빠가 그 타이밍에 자신에게 오지 않았다면 자신의 인생이 얼마나 암울할지 생각하니, 새삼스럽게 아빠가 참 고마워졌다.

✉ 4월 13일 미래아파트 2동 옥상으로 오세요. 혹시 마음이 바뀐다면 오지 않으셔도 됩니다. 정말 꼭 죽어야 한다면 환영합니다. 위치와 주소는 아래에 첨부합니다.

구름은 미래아파트 입구에서 K의 메일을 다시 확인했다. '혹시 마음이 바뀐다면'을 읽는데, 윤하가 떠올랐다. 할머니도 떠올랐다. 복순 할머니도 스쳐갔다. 그렇게 친하지는 않지만 자신을 환영해주는 친구들 몇 명도 웹툰의 말풍선처럼 떠올랐다. 하지만 마음이 바뀌지는 않았다. 언니가 없는 세상을 꿈꿔본 적이 없으니까.

구름은 엘리베이터를 탔다. 15층까지 올라가니, 왼쪽에 계단이 있었다. 구름에게는 세상의 끝으로 가는 계단이었다. 이 계단을 올라가면 다시는 내려오지 못할 거란 생각에 기분이 묘했다. 마음에 파도가 치는 것 같았다. 한 계단을 오를 때마다 철썩, 마음을 치고 다시 물러갔다가 철썩, 그리고 또 다가와서 철썩…… 마침내 계단을 다 오르고 문을 열었을 때는 파도가 물러났다. K의 목소리가 들렸다.

"김구름?"

"네, 맞아요."

"마음이 바뀌지 않았나 보네."

"네. 그런데 어디 계세요?"

"너의 뒤에. 어차피 마지막이니 새로운 만남은 불필요하잖아."

구름이 고개를 끄덕였다.

"거기 의자에 앉아봐. 마지막으로 마음을 확인하고 보내줄게."

구름의 앞에 초록색 의자가 놓여 있었다. 구름이가 좋아하는 색깔이었다. 피식 웃음이 났다. 죽으러 온 순간에도 좋아하는 색깔을 떠올리다니, 우스꽝스러웠다. 구름은 조심스럽게 의자에 앉았다. 왠지 긴장돼서 숨을 크게 한 번 내쉬었다.

"자, 이제 죽음에 대해 말해주는 영상이 시작될 거야. 이 영상을 보고도 마음이 바뀌지 않는다면 죽음을 도와줄게."

구름은 비장한 표정으로 고개를 끄덕였다. K는 경식을 보고 고개를 끄덕였고, 경식은 리모컨으로 영상을 재생하는 버튼을 눌렀다. 김 경감과 복순도 먼발치에서 구름을 보고 있었고, 곧 영상이 시작되었다.

책상과 침대가 놓여 있는 작은 방이었다. 카메라가 잠시 흔들리다가 윤하를 비추었다. 윤하는 침대에 걸터앉아 불안한 표정으로 카메라를 응시했다. 구름은 영상 속 윤하와 눈이 마주쳤다. 당황하고 놀란 구름이 K에게 왜 윤하가 나오냐고 물으려는 순간, 윤하의 목소리가 들렸다.

"구름아……."

영상을 찍을 때 윤하는 말을 더 잇지 못했다. 이름만

불러도 눈물이 왈칵 쏟아졌다. 우빈은 티슈를 뽑아서 윤하에게 갔다.

"벌써 울면 어떡해. 구름이에게 말을 해야지."

윤하는 눈물을 닦고 심호흡을 크게 한 후 가슴을 쓸어내렸다.

"이제 다시 찍는다."

우빈의 말에 윤하는 마음을 굳게 잡고 고개를 끄덕였다. 우빈은 다시 녹화 버튼을 누르고, 고개를 끄덕였다. 윤하는 눈을 몇 번 끔벅거리고 나서 다시 구름을 불렀다.

"구름아, 잘 들어줘. 우선 사과할게. 자살클럽은 정말 죽음을 도와주는 곳이 아니야. 죽으려고 하는 사람들을 살리는 곳이야. 속여서 미안해. 근데 나, 너무 간절했어. 네가 없으면 내가 어떻게 살아. 내가 전에 그런 말 했었지? 너랑 떡볶이 먹고 식스틴 영상 보면서 여기가 천국 같다고……. 나는 그래. 너랑 있으면 천국이 돼. 근데 네가 없으면 그게 천국이겠어? 지옥이지. 하늘 언니가 가고 네 마음이 지옥인 거 알아. 하지만 나의 천국도 네가 없으면 지옥이야. 너의 지옥에 내가 함께한다고 갑자기 천국으로 바뀌지는 않는 거 알아. 그게 너무 슬퍼. 그런데 매일은 아니었지만, 열흘 중 하루는, 열 번 중 한 번은 천국이 되었다는 거, 너도 알잖아. 그런 날엔 하늘 언니도 우릴 보면서 활짝 웃지 않았을까? 그리고 지금 하늘 언니는 완전 슬프지 않을까? 만약에 내가 너보다 먼저 죽었는데, 네가 날 따라온다고 하면 나는 너무 싫을 거야. 언니도 그럴 거라고 생각해. 오래오래 행복하게 살다가 오라고 할 거야. 너도 알잖아. 언니 마음 그럴 거라는 거. 그러니까 구름아, 가지 마. 날 위해서라도 언닐 위해서라도 가지 마."

울음을 겨우 참고 말하던 윤하는 결국 목 끝까지 차오른 울음을 누르지 못하고 터뜨렸다. 엉엉 울면서도 "가지 마."를 반복하는 윤하를 보면서 구름의 눈시울도 붉어졌다. 하지만 구름의 입에서 나온 말은 "가지 않을게."가 아니었다.

"미안해……."

다음 영상은 말자의 인터뷰였다. 구름은 할머니 얼굴이 반가웠다. 면회 가기로 해놓고 약속을 지키지 못했는데, 예상보다 밝은 모습을 이렇게 보게 되다니 선물 같았다.

"우리 할머니, 문학소녀네"

"우리 할머니, 걱정 안 해도 되겠네."

구름은 혼잣말을 하며 영상을 끝까지 다 보았다. 영상이 끝나고 구름은 뒤돌아보며 K에게 의아한 목소리로 물었다.

"이렇게 해서 죽겠단 사람이 진짜 살았어?"

K는 아무 말 하지 못했다. 구름의 마음이 바뀌지 않았다는 것이 느껴져서 막막하고 참담했다.

"비아냥거린 거 아니야. 진짜 그럴 거 같아서 물은 거야. 사랑하는 사람이 내가 살기를 바란단 걸 알면 다시 살겠단 사람들도 있었을 거 같아. 근데 미안하지만 난 아니야. 난 정말 오래 고민했어. 할머니랑 윤하가 날 너무 사랑하는 걸 알지만, 나는 이미 마음의 결정을 했는걸. 그래도 고마워. 이 두 사람의 얼굴을 보고 떠나게 해줘서. 그러니까 이제 날 도와줘. 혹시 도와줄 수 없다면 스스로 할게."

구름이 일어나 천천히 앞으로 걸어 나갔다. K는 머리가 하얘졌고, 경식은 앞이 캄캄해졌다. 김 경감은 침착을 유지하려 애쓰며 카카오톡을 열었다. 에어매트가 잘 설치되어 있는지, 아래에서 대기하고 있는 경찰들과 연락을 주고받았다. 복순은 눈을 감고 잠시 고민을 하다가 일어났다.

"김구름! 멈춰!"

그 순간 구름은 자신도 모르게 멈춰버렸다.

"복순 할머니?"

구름의 눈앞에 복순이 나타났다.

"뭐야, 할머니? 왜 여기 있어?"

"너 이러면 네 할머니 어떻게 살라고? 생때같은 딸과 손녀를 보내고, 이제 마지막 남은 너까지 보내라고? 너 이거, 네가 죽는 게 아니라 네 할머니를 죽이는 거야."

"나도 할머니한테는 너무 미안해. 그런데 나 더는 못 살겠어, 할머니. 우리 언니는 놀러 간 거 아니야. 아니, 놀러 갔어도 그러면 안 되잖아. 길이었잖아, 그냥 길. 길에 갔다가 사람이 죽었는데, 아무도 잘못을 안 했대. 이게 말이 돼? 언니가 뭐라고 했는 줄 알아? 빨리 갔다 와서 맛있는 거 같이 먹자고 했어. 바로 다음 날, 홍대 가서 사진도 찍고 옷도 구경하기로 약속했어. 그런데 언니가 못 오잖아."

복순은 구름을 안았다. 가슴이 터질 것처럼 아파서 아무 말도 하지 못하고 구름을 부둥켜안았다. 요동치고 있는 구름의 심장박동이 느껴졌다. 얼마나 서러웠을까. 얼마나 아팠을까. 복순은 구름의 마음이 고스란히 느껴져서 마음이 저려왔다. 구름의 마음에도 복순의 마음이 닿았다. 복순의 따뜻한 품은 '네 마음을 이해해'라는 말로 들렸다. 구름은 아무도 모를 것 같아서 말할 수 없었던 슬픔을 쏟아냈다. 약한 모습을 보이고 싶지 않아서 깊이 숨겨두었던 서러움도 모조리 터트려버렸다.

김 경감은 그런 구름이 고마웠다. K도 경식도 같은 마음이었다. 구름의 말이 끝나고 슬픔이 잦아들자, 복순은 구름의 등을 토닥이며 나지막이 말했다.

"구름아, 네 맘 알아. 나도 겪었어. 나도 사랑하는 사람들을 잃고 이런 옥상에 수도 없이 올라왔어. 근데 살았잖아. 이유는 몰라. 한 번은 부모님이 걱정되어서 다시 내려갔고, 한 번은 이왕 죽을 거 내가 좋아하는 갈비나 원 없이 먹어보자 하고 내려갔어. 그렇게 한 번 더 살고 한 번 더 살고 하다 보니 지금까지 살아 있는데, 지금은 왜 사냐면, 네 번 중에 한 번은 기쁨이 온다는 걸 알아버려서 그래. 인생이 그래. 세 번은 죽을 거 같아도 한 번은 살 것 같아. 그 한 번이 또 세 번을 지나치게 해. 또 한 번은 살 것 같은 일이 올 테니까 그거 한 번만 더 보고 죽자, 하면서 살게 되더라고. 그렇게 살자. 할머니가 약속할게. 네 번 중에 한 번은 꼭 기쁨이 온다는 거. 그러니까

한 번만 더 힘을 내고 살아보자.”

구름은 대답하지 않았지만, 구름의 마음은 조금 바뀌었다. 맘껏 울고 나니 윤하가 보고 싶어졌다. 윤하를 한 번만 더 보고 다시 죽으러 와도 되겠다는 생각이 들었다. 윤하의 영상을 보면서도 죽겠다고 생각한 자신이 이제 와서 이런 생각을 하는 게 우스웠지만, 진짜 마음이 그랬다. 그리고 거짓말처럼 윤하가 눈앞에 나타났다. 구름은 자신의 눈을 의심했다. 눈을 비비고 다시 보았는데, 윤하였다.

“속여서 미안해. 네가 살아주는 걸, 내가 죽을 때까지 고마워할게.”

구름은 윤하가 귀여웠다. 친구지만 평소에도 귀엽다고 느낄 때가 많았는데, 오늘은 유난히 그랬다. 구름은 윤하를 안고, 어린아이를 달래듯 윤하의 등을 토닥였다. 윤하가 볼멘소리로 속삭였다.

“고마워, 살아줘서.”

이상했다. 분명히 윤하가 말했는데, 구름에게는 하늘 언니의 목소리로 들렸다. 구름은 다리에 힘이 풀려 주저앉았다. 윤하가 구름 옆에 앉았다.

“윤하야, 나 언니가 너무 보고 싶어.”

"응, 알아……."

윤하가 두 팔을 벌려 구름을 꼭 안았다.

"언니……."

구름이 몇 번이고 언니를 부르며 울기 시작했다. 윤하
도 언니를 부르며 같이 울었다.

한참을 울던 구름이 복순을 보며 물었다.

"할머니, 진짜지? 진짜 네 번에 한 번은 행복한 거지?"

"그럼, 그럼. 그게 인생의 비밀이지. 그리고 비밀이 하
나 더 있어."

"뭔데?"

"누가 그러더라. 죽음의 문턱에 있는 사람에게는 죽지
말라고 하는 사람보다 살고 싶게 하는 사람이 필요한 거
라고. 이 할머니한텐 너희 할머니가 살고 싶게 하는 사
람이었고, 너희 할머니한텐 내가 그랬고, 너에겐 또 너
희 할머니가 그렇고……. 그게 인생이 숨겨 둔 비밀이었
어. 살리는 사람도 있어야겠지만, 살고 싶게 하는 사람
이 있어야 계속 살게 된다는 거."

구름이 눈물을 훔치고, 윤하에게 어깨동무하며 말했다.

"나는 윤하도 있어."

"저도 오빠도 있고, 구름이도 있어요."

"뭐야. 부럽게 너희는 몇 명씩이나 있네. 이런 걸 우리 구름이가 개부럽다고 했던가……. 그럼 개도 부러워하는 건가?"

복순의 말에 웃음이 터졌다. 윤하도 구름도, 뒤에서 보고 있던 K와 경식도, 김 경감과 우빈도.

"고맙다."

우빈이 K의 옆으로 가서 말했다.

"뭘, 오늘은 정말 내가 한 게 없다."

"아니, 그거 말고. 나 살려준 거 고맙다고. 그리고 살고 싶게 해준 것도."

K는 미소를 지으며 이모와 희재를 떠올렸다. 살고 싶게 하는 사람들이었다. 그들이 없었다면 K도 또 다른 옥상에 올라갔을지도 모른다. 그리고 연이어 소유, 경식, 김 경감, 우빈이 떠올랐다.

살고 싶게 하는 사람들이 늘어나고 있었다. 복순의 말처럼 네 번 중 한 번은 기쁨이 오는데, 그것도 이 사람들 덕분이구나, 하는 생각이 들었다.

"어느새 횟수도 바뀌는 거 같아."

K가 말했다. 경식은 어리둥절해서 물었다.

"갑자기?"

"아까 복순 모델님 말처럼 네 번 슬픔이 오면 한 번은 기쁨이었는데, 이제 기쁨이 네 번이고 슬픔이 한 번인 것 같다고. 그리고 그것도 살고 싶게 하는 내 사람들 덕분인 거 같아."

"오~ 내 사람들. 그 말 좋다. 나도 거기 포함인 거지?"

"당근!"

우빈은 이렇게 기분 좋은 당근은 처음이라고, 이 당근은 평생 기억해야겠다고 생각했다.

08

존재만으로도 고마운 사람이 있다는 건 살아갈 힘을 주지

소유와 정 경위는 매일 해빛의 블로그에 들어갔다. 처음으로 임무를 맡게 된 국정원 요원이 된 것 같은 기분이었다. 꼭 임무를 잘 완수해서 생명을 살리고 싶었다. 그리고 김 경감의 칭찬을 듣고 싶었다. 하지만 해빛의 블로그는 둘의 잠복근무를 매번 허무하게 만들었다. 고요했고 잠잠했다. 그 어떤 일도 기록되지 않았다.

"언니, 진짜 이상한 거 같아요. 우리가 결국 원하는 건 아무 일도 일어나지 않는 거잖아요. 그런데 아무 일도 일어나지 않는 게 왜 더 불안하고 허무할까요?"

"그러니까 말이야. 언젠가 경감님이 하셨던 말씀인데, 결국 자신의 꿈은 이런 센터가 없어지는 거라고. 죽고 싶은 사람들이 없고, 자살을 시도하는 사람들이 없어서 이 센터가 필요하지 않는 게 진짜 꿈인데, 아무 일도 일어나지 않으면 괜히 불안하고, 존재 의미가 없는 것 같은 생각이 든다고."

"와, 아저씨도 그렇구나."

소유는 신기했다. 소유의 눈에 김 경감은 의연하고 과묵한 사람이었다. 크게 놀라거나 흥분하지 않고 잔잔한 파도가 적당한 간격으로 일어나고, 선선한 바람이 적당하게 불어오는 바다마을 같다고 생각했다. 그런데 자신과 비슷한 감정을 느낀다니, 신기할 수밖에 없었다.

"그래서 아무 일도 없을 때 기뻐하기로 하셨대. 친구나 아내에게 그 기쁨을 공유하고, 맛있는 걸 드시며 자축한대. 우리도 그걸 배우자."

"오, 맞아요. 사람들은 무슨 일이 있을 때 아무 일도 없는 것처럼 살고 싶어 하면서 아무 일도 없을 때 무슨 일이 있을 것처럼 불안해하다가 그 평화를 놓칠 때가 많은 것 같아요."

정 경위는 소유의 말에 마음 깊이 동의했다. 소유를

보면 사람은 아픔을 겪은 만큼 성숙해진다는 말이 딱 맞다는 생각이 자주 든다.

"언니, 내 말이 너무 맞다고 생각했죠?"

"오, 소름~!"

"하하, 제가 말했잖아요. 생각을 읽는다고."

"그거 농담인 줄 알았는데 찐인가봐."

소유가 웃었다. 정 경위는 소유가 웃으면 동생이 떠오르는데, 그게 이젠 아프지 않고 좋았다. '동생 소유도 살았을 때 이렇게 웃었지.'가 아니라 '동생 소유도 이렇게 웃고 있겠지.' 하는 생각이 들었다.

"우리 그럼 오늘 저녁까지 아무 일도 없으면 내일 축하하자! 언니가 레인보우 케이크와 아아를 쏠게!"

"오오, 완전 좋아요!"

소유가 정 경위의 손을 잡으며 펄쩍 뛰었다. 정 경위는 그 모습이 귀여워서 웃었다. 소유는 정 경위가 웃는 게 좋아서 웃었다. 둘의 주머니에서 동시에 진동이 왔다. 둘이 함께 들어가 있는 '살자클럽 운영진' 단톡방 울림이었다.

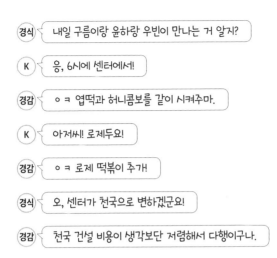

경식 내일 구름이랑 윤하랑 우빈이 만나는 거 알지?

K 응, 6시에 센터에서!

경감 ㅇㅋ 엽떡과 허니콤보를 같이 시켜주마.

K 아저씨! 로제두요!

경감 ㅇㅋ 로제 떡볶이 추가!

경식 오, 센터가 천국으로 변하겠군요!

경감 천국 건설 비용이 생각보단 저렴해서 다행이구나.

저는 이미 천국이에요. 모두 내일 만나요.

소유는 토끼가 혀를 내밀고 있는 이모티콘과 함께 정 경위와 셀카를 찍어서 전송했다.

소유는 구름을 만나는 게 무척 기대됐다. 윤하의 이야기만 들었지, 실제로 보는 건 처음이라서. 정 경위도 마찬가지였다. 구름과 친해질 수 있으면 좋겠다고 생각했다. 구름도 그랬다. 윤하에게 매일 살자클럽 운영진들에 대해 물었다.

"그러니까 K 언니 본명은 은재이고, 은재 언니가 '당근'이라는 말을 잘 쓰는 건 은재 언니의 엄마가 그랬기 때문

111

이고, 너희 오빠는 은재 언니한테 옮아서 당근이 입에 붙은 거고, 그게 너무 재밌어서 너도 계속 쓰는 거라고?"

"응, 기분 좋아지잖아, 당근!"

"당근! 그렇긴 해."

둘은 윤하의 집 근처 놀이터 벤치에 앉아서 이야기를 나누고 있었다. 구름은 문득, 이곳이 죽으러 가기 전에 윤하를 마지막으로 만났던 곳이라는 생각이 났다. 이상하고 좋았다. 살아서 이곳에 다시 와서 윤하와 신나게 수다를 떨고 있다는 사실이. 구름은 바람 빠지는 풍선처럼 픽 소리를 내며 웃었다.

"왜? 또 뭐 땜에 웃음 터짐?"

"나 여기 죽기 전에 너 만나러 왔던 곳이잖아."

그 말에 윤하도 웃음이 났다.

"하하, 너 지금 그럼 좀비인 거냐, 귀신인 거냐?"

"둘 다 아님. 인생 2회차인 인간임."

"그럼 나보다 후배네. 난 지금 3회차인데."

"품, 인정! 근데 2회차든 3회차든 언니는 다시 있으면 좋겠다."

구름의 얼굴에 갑자기 먹구름이 드리웠다. 구름은 얼른 먹구름을 치우려고 억지로 웃음을 보였다.

"아, 미안."

"미안해하지 마. 우리는 자연스럽게 살자. 눈물이 나면 울고, 웃음이 나면 웃고, 자연스럽게 진짜 모습을 보여주자. 우리는 그래도 되는 사이잖아."

구름은 고개를 끄덕이며 촉촉한 눈빛으로 윤하를 보았다. 사람의 존재 자체를 고마워할 수 있다는 것. 그런 마음을 윤하에게 배웠다. 그리고 윤하의 존재 자체가 구름에게 고마움이 되었다. 이런 관계가 있다는 것이 참 좋다. 아직 죽고 싶은 마음이 완전히 없어진 건 아니지만, 이런 관계가 있어서 그 마음에서 조금씩 멀어질 수 있다는 걸 구름은 안다.

소유는 '치먹데이'를 하기 위해 집에 일찍 왔다. '치먹데이'는 삼촌이 정한 이름이다. 한 달에 한 번, 가족이 함께 치킨을 먹는 날이다. 소유는 구름이를 살린 후에 치킨을 먹으며 그 기쁨을 만끽하고 싶었는데, 예상대로 되어서 너무 기뻤다.

오늘의 치킨은 아빠가 좋아하는, 고전적이지만 지금까지 사랑받고 있는 스테디셀러 '양념 반 후라이드 반'이다. 삼촌과 아빠는 식탁에 접시와 포크, 제로 콜라와 사이다를 준비해놓고 소유를 기다리고 있었다. 소유는 집에 들어가는 길에 배달원을 만나 치킨을 받아서 들어갔다.

"치킨 배달왔습니다!"

"소유야, 삼촌이 미안하다. 용돈이 부족해서 네가 알바를 뛰는구나."

"소유야, 아빠는 고맙다. 알바 열심히 해서 아빠 용돈을 주렴."

소유는 웃었다. 썰렁한 개그를 펼치는 둘의 모습이 웃겨서가 아니라 자신의 이름이 들리는 집이 좋아서 웃음이 났다.

동생 시유가 떠나고 아빠는 매일 술만 마시며 살았고, 삼촌은 영국에 있었다. 아빠가 가끔 정신을 차리고 이름을 부르면 소유가 아니라 시유였다. 삼촌이 돌아오고 아빠의 치료가 시작된 날, 소유는 너무 오랜만에 자신의 이름을 집에서 들었다. 너무 좋아서 둘에게 부탁했다. 자신의 이름을 마구마구 많이 불러달라고. 삼촌과 아빠는 그 이후로 굳이 이름을 부르지 않아도 될 때에도 먼저 이름을 불러준다.

소유는 국어 시간에 배웠던 '꽃'이라는 시의 한 구절을 떠올렸다. 그의 이름을 불러 주었을 때 꽃이 되었다는 것. 소유는 정말 자신의 이름이 불릴 때 마음에 봉우리로 있던 꽃 한 송이가 피어나는 걸 느낀다.

셋은 정겹게 이야기를 나누며 치킨을 먹었다. 삼촌은 대학 때 좋아하던 선배가 작가인데, 라디오에 나오는 걸 우연히 듣게 되었다며 설레했다. 아빠는 술을 완전히 끊지는 못했다고 고백했다.

"정말 나도 모르게 소주를 사서 벌컥벌컥 마시다가 순간 깨달았어. 당장 버렸어. 정말이야. 그래도 많이 줄이고 있으니 용서해줘."

"자수했으니 용서해줄게. 근데 반복되면 가중처벌할 거야."

"알겠어, 소유야. 아빠가 명심할게."

소유는 구름의 이야기를 했다. 윤하와 우빈의 이야기도 했다. 눈물이 찔끔 나오려고 했지만 치먹데이를 기쁘게 누리고 싶어서 참았다. 아빠와 삼촌은 소유가 말할 때마다 기쁨의 폭죽이 툭툭 터지는 것 같았다. 소유가 이렇게 신나게 말해주는 게 고맙고, 그 힘든 시간들을 지나서 이렇게 살아주어서 고맙고, 소유가 존재한다는 사실 만으로도 기뻤다.

소유는 삼촌과 함께 식탁을 정리하면서 물었다.

"삼촌이 좋아했다던 그 선배, 행운이 없는 삶은 있어도 행복이 없는 삶은 없다고 말해준 그 분 맞아?"

"응, 삼촌이 그렇게 안 보여도 순애보야. 한 사람만 주구장창 좋아했어."

"그렇게 보여."

"오, 우리 소유가 삼촌을 쫌 아네?"

"흐흐, 그렇지. 그럼 연락해봐. 그 선배한테. 연락할 방법 찾아보면 있지 않을까."

"싫어."

"왜?"

"그냥 존재만으로도 고맙고 위로가 되는 사람이야. 그냥 그 존재로 놔두고 싶어. 나중에 마음이 바뀔지 모르지만 지금은 그래. 이상해?"

"아니, 전혀."

'존재만으로도 고맙고 위로가 되는 사람.'

소유는 그 말의 뜻이 머리로 이해되지는 않아도 가슴으로 느껴졌다. 경식과 K를 만나면 너무 좋지만, 서로 바빠서 만나지 못할 때도 그 둘이 있다는 것이 든든하고 고마웠다. 그 둘이 없는 세상은 생각만 해도 아찔했다. 경식과 K는 정말 존재만으로도 고마운 사람들이다.

✉ 급! 해빛 블로그 확인해봐.

정 경위에게 문자가 왔다. 소유는 얼른 해빛의 블로그에 들어갔다. 혈액이 응고되어 젤리처럼 굳어진 것을 찍은 사진이 올라와 있었다.

나를 찔러 피젤리를 만들었어. 앞으로 몇 개나 더 만들 수 있을까.

소유는 눈을 질끈 감았다.
'얼마나 아팠을까. 얼마나 아팠으면 자신을 아프게 하는 것으로 자신을 표현할까.'
생각만 해도 마음이 저렸다. 휴대폰 진동이 울렸다.
"소유야, 경감님이랑 지금 출동이야. 너 태우러 가도 돼?"
"네네, 아빠랑 삼촌에게 말하고 앞에 나가 있을게요."
소유는 다시 눈을 감고, 심호흡을 하고 혼잣말을 했다.
"해빛이, 살려주세요."
소유는 이것이 기도가 된다면, 신이 이런 기도도 들어준다면 좋겠다고 바랐다.

소유와 정 경위는 해빛의 집 앞에 도착했다. 소유와 정 경위에게 맡긴 임무이니 김 경감은 차에서 대기하기로 했다.

정 경위가 벨을 두 번 누르고, 문에 몸을 붙이고 귀를 기울였다. 인기척이 나지 않았다. 소유가 벨을 세 번 누르고 문을 두드렸다. 아무도 나오지 않았다. 정 경위는 문을 더 세게 두드리며 "계속 안 여시면 문 따고 들어갑니다!"라고 외쳤다. 그제야 희미하게 걸어 나오는 소리가 들리고, 문이 열렸다.

"아, 살아 있어요! 살아 있다고요!"

해빛은 대뜸 소리를 지르고는 당황했다. 당연히 김 경감이 서 있을 줄 알았는데, 다른 사람들이 있으니 둘을 번갈아 보며 물었다.

"누구…… 세요?"

"아, 나는 정시유 경위. 김민지 경감님과 같이 일해."

"나는 윤소유. 너보다 한 살 언니이고, 음…… 어떻게 설명해야 하지. 아, 청소년 요원이야."

"아, 뭐래. 근데 왜요."

정 경위는 해빛의 손목을 보았다. 왼손에 이미 세 번쯤 자신을 해친 흔적이 있었다. 오늘은 오른손이었다.

바로 휴지를 물들일 만큼 선명한 피가 머물러 있었다. 정 경위는 배낭에서 거즈와 소독약을 꺼냈다. 후시딘과 붕대는 소유에게 주었다.

"윤쏘, 잠시 들고 있어. 해빛, 오른손 줘봐."

"아, 왜요."

"치료하게."

정 경위가 오른손을 잡아 끌자 한없이 저항할 것 같던 해빛이 신기하게도 저항을 멈췄다. 못마땅한 표정을 짓고 있었지만 잠자코 치료를 받았다. 따갑고 아팠을 텐데, 소리 한 번 지르지 않았다. 그런 해빛을 보는 소유의 마음이 아렸다.

치료를 끝낸 정 경위가 물었다.

"자, 이제 도구 압수할게. 가지고 나와."

"아, 무슨 도구요."

"눈썹 칼이야, 커터칼이야?"

"무슨 경찰이 뭘로 하는지 다 알아요?"

"해봤거든."

정 경위는 왼쪽 소매를 걷었다. 손목에 다섯 번쯤 자신을 해친 흔적이 남아 있었다. 해빛과 소유의 눈이 동그래졌다.

"날 해치는 순간에는 잠깐이라도 잊을 수 있잖아. 너도 그렇지? 그래서 안 하려고 했다가도 또 하게 되지? 나도 알아. 마음의 고통을 잊으려고 일부러 몸을 고통스럽게 하는 거, 다른 사람들은 몰라도 나는 그 마음 너무 잘 알아. 근데 그거 말 그대로 아주 잠깐이야. 잠깐 잊을 수는 있지만 아주 오래 잊지 못하는 흔적을 만들 뿐이지. 고작 이런 걸로 그 엄청난 아픔을 잊을 수 있을 줄 알았던 거야, 나도. 지금 생각하면 진짜 우주 최강 바보였지."

해빛의 눈빛이 흔들렸다. 정 경위는 낮지만 힘 있는 목소리로 말했다.

"가지고 나오라고. 언니가 들어가?"

"아이씨."

해빛이 들어가서 커터칼 두 개와 눈썹 칼 한 개와 굵은 바늘 한 개를 들고 나왔다. 정 경위는 그것들을 자신의 배낭에 넣고 말했다.

"이거 압수인 건 네가 알지? 네가 또 이런 것쯤이야 바로 다시 살 수도 있단 건 나도 알아. 근데 안 살 수도 있다고 생각해. 사고 싶어도 참아줄 수도 있다고 생각해. 이 생각을 네가 같이 해줬으면 좋겠어."

해빛은 아무 말도 하지 않았다. 소유는 이 분위기를

바꿔보고 싶어서 일부러 밝은 목소리를 내며 해빛의 팔을 잡고 눈을 보며 말했다.

"너, 지금 왠지 모르게 마구 쪽팔리지?"

"아이씨."

해빛이 짜증을 냈다. 소유는 웃으며 말했다.

"맞네. 내가 생각을 읽거든. 신기하지?"

해빛은 '설마'와 '진짜' 사이에 생각을 놓고, 어느 쪽으로 갈지 고민했다.

"설마,라고 생각하지 마. 진짜야."

해빛은 순식간에 '진짜'로 생각이 기울어서 얼굴을 잔뜩 찌푸렸다. 정 경위는 그런 해빛이 사랑스러웠다.

"이제 토요일이네. 오늘 뭐 해? 우리 센터 알지? 센터에서 6시에 치킨 먹을 거야. 너도 와라."

"아, 왜요."

"아, 치킨 먹는데도 이유가 있어야 되냐? 뭘 그렇게 생각하고 살아. 그냥 먹고 그냥 살아도 돼. 꼭, 와. 우린 간다. 혼자 있는 것 같은데, 문 잘 잠그고."

"언니도 갈게. 내일 보자. 귀여운 해빛!"

"아이씨."

"그럼, 나는 아이디!"

해빛은 소유의 어이없는 개그에 피식 웃음이 났는데, 자신이 웃었다는 게 너무 싫었다.

"아이씨!"

정 경위와 소유는 웃으면서 손을 흔들며 멀어졌다.

해빛은 자신의 손목에 둘둘 말려 있는 붕대를 보았다. 누군가에게 치료를 받은 것이 처음이었다. 마음이 이상했다. 따가운 건지, 따뜻한 건지 모를 만큼.

김 경감은 걱정이 되어 차 밖으로 나왔다가 집으로 들어가는 해빛의 아빠를 보았다. 정 경위와 소유가 해빛과 이야기를 나누고 있는데, 들어가면 방해가 될 것 같아 그를 붙잡았다.

"안녕하셨습니까."

해빛 아빠는 김 경감을 보자마자 얼굴에 열이 올랐다.

"아니, 이 기집애, 또 그랬습니까?"

그 말에 김 경감 얼굴도 온도가 올라갔다.

"아니, 이 기집애가 왜 또 그러게 만드셨습니까?"

"아니 이보시오, 경찰 양반. 나는 더 맞고 자랐어요. 옛날에는 다 괜찮았던 일을 왜 요새는 그렇게 하나도 안 괜찮은 것처럼 요란하게 굽니까?"

"옛날에도 안 됐던 겁니다. 옛날에는 무식해서 그게 안 되는 거라는 걸 몰랐던 거고, 지금은 우리나라가, 우리가 그 정도로 무식하지는 않아서 아는 겁니다. 해빛이에게 사과하라고 당부드렸는데, 하셨습니까?"

"아니, 그 어린 거 몇 번 때렸다고 사과까지 해야 합니까. 걔, 내 자식이에요."

"자식은 함부로 해도 되는 물건이 아니라 인격입니다. 게다가 해빛이는 선생님 같은 아버지를 선택한 게 아니거든요. 사랑만 받기에도 아까운 생명이 태어나 보니, 아버지가 폭력을 사랑이라고 말하는 사람인 겁니다. 얼마나 억울하겠습니까?"

"아니, 당신 딸은 죽었다며. 자기 애도 못 지킨 주제에 왜 남의 집에 와서 고고한 척인데?"

해빛 아빠는 순식간에 선을 넘어왔다. 사람과 사람 사이에는 지켜야 할 선이 있는데, 그 선을 넘는 사람들은 모른다. 상대방은 얼마나 안간힘을 쓰며 그 선을 지키고 있는지를.

"그래요. 나는 내 딸 하나를 못 지킨 비정한 아비예요. 사람들이 그러더군요. 시간이 지나면 그래도 잊히지 않냐고. 아니요. 절대 아닙니다. 시간이 지나면 지날수록 선명해져요. 마음 어딘가에서 매일 선명한 피가 흘러요. 그러니까, 선생님은 나처럼 매일 아프지 않게 해빛이 잘 지켜주세요. 저러다 진짜 죽습니다."

김 경감은 단단한 어조로 말하며, 자신도 모르게 쥐어진 주먹을 풀었다. 선을 넘는 사람은 선을 넘은 순간 이겼다고 자신하지만 사실 그 순간, 이길 기회를 박탈 당한 것이다. 상대방의 약점을 손에 넣고 쥔 주먹은 이미 너무 비겁해서 당당하게 쥐어진 주먹과 겨룰 자격을 상실한다.

해빛 아빠는 18이라는 숫자를 내뱉으며 집으로 올라가다가 내려오던 정 경위와 소유와 마주쳤다. 정 경위와 소유가 옆으로 비켜주자 씩씩거리며 올라갔다. 김 경감은 열감기에 걸린 것처럼 올라갔던 온도를 식히려고 손부채질을 하고 있었다.

"왜요, 아저씨. 무슨 일 있었어요?"

소유는 걱정을 가득 품은 눈빛으로 물었다.

"무슨 일이 왜 없었겠니? 매일이 무슨 일인 걸."

"그건 그래요."

"얘기는 잘했어?"

"네, 우리 정 경위님이요. 어우, 완전 걸크! 해빛이가 깨갱했다니까요.”

“와, 내가 해빛이한테 눌렸는데, 정 경위가 해빛이를 눌렀으면 정 경위가 날 이긴 거네.”

“하하, 그렇죠. 아저씨가 언니한테 져요. 분명히 져요.”

“아, 앞으로 지도편달 잘 부탁드립니다, 정 경위님. 충성!”

김 경감은 정 경위를 향해 경례를 했다. 정 경위는 경례를 받으며 말했다.

“뭐, 하시는 거 봐서 생각해보겠습니다.”

김 경감이 호탕하게 웃었고, 소유와 정 경위도 따라 웃었다. 그때 앞쪽 빌라의 창문이 열리면서 한 할머니가 빽 소리를 질렀다.

“지금이 몇 신데 거기서 떠들어!”

“아, 죄송합니다!”

김 경감은 큰소리로 사과하고 재빨리 차에 올라탔다.

“자, 그럼 우리 이제 얼른 튀자!”

김 경감이 시동을 걸며 말했다. 정 경위는 소유의 손을 잡았다. 소유도 정 경위의 손을 꽉 잡았다. 한 번 마음이 연결되고 나면 말하지 않아도 알 수 있는 마음이 생긴다. 둘은 서로 수고했다고, 서로가 있어 다행이라는 마음을 말없이 주고받았다.

> **소유** 존재 자체로 고마운 사람이 있다는 건 살아갈 힘을 주는 것 같아요. 저에겐 아저씨랑 언니도 그런 사람이에요. 해빛이도 그런 사람이 생겼으면 좋겠어요. 아니, 우리가 해빛이에게 그런 사람이 되어주어요.

소유는 잠자리에 들기 전에 '해빛 살리기방'에 메시지를 남겼다.

> **경감** 그래, 소유야. 살아주어 고맙다.

소유는 답장을 보낼까 하다가 그만두었다. '살아주어 고맙다'는 말은 김 경감이 자주 하는 인사인데, 들을 때마다 마음이 몽글해진다. 울고 싶은 것도 슬픈 것도 아닌데 마음이 그 문장에 머물러 움직이질 않는다. 언젠가는 바로 "아저씨도 살아주어 고마워요."라고 인사하고 싶다. 아직은 그 인사가 마음 위로 나오지 못할 뿐이니까.

09

행복하자,
아프더라도

4월 15일 토요일 센터 회의실, 김 경감과 정 경위와 살
자클럽 운영진, 구름과 윤하, 우빈까지 모두 모였다. 김
경감은 엽기떡볶이 착한맛과 매운맛, 로제 떡볶이 오리
지널, 허니콤보 치킨과 후라이드 치킨이 놓인 식탁을 가
리키며 말했다.

"자, 바로 이곳이 천국이지?"

"당근이요!"

K가 대답하자, K 옆에 앉은 소유부터 가장 멀리 앉은
우빈이까지 파도를 타듯 당근을 외쳤다.

“어우, 밖에서 들으면 우리 당근만 먹는 줄 알겠어. 어서 먹자. 경감님도 드세요.”

정 경위가 말했다. 모두 웃으며 젓가락을 들었다. 소유가 나지막이 옆에 앉은 정 경위에게 물었다.

“해빛이는 안 올까요?”

“응, 카톡 보냈는데 읽씹이야. 근데 나 같아도 어제 처음 만났는데 오늘 모임에 오기는 어려울 거 같아. 엠비티아이에 이가 열 개는 붙어 있을 것 같은 경식이라면 몰라도.”

소유는 게걸스럽게 닭다리를 뜯고 있는 경식을 보며 피식 웃었다.

“맞아요. 그럼 언니, 해빛이 안 오면 모임 끝나고 우리가 가볼까요?”

“나도 그 생각하고 있었어. 우리 통했네.”

둘은 젓가락으로 하이파이브를 했다.

“구름아, 많이 먹어! 아저씨, 이 정도 사줄 재력은 된다.”

김 경감이 건너편에 앉은 구름에게 말했다. 구름이 아주 작은 목소리로 “네.” 하고 대답했다.

“구름이가 아저씨 재력 별로래요.”

윤하가 장난을 쳤다.

"아, 아니에요. 재력 좋아요."

구름의 말에 모두 웃었다. 구름은 발갛게 달아오른 얼굴을 손바닥으로 가리며 물었다.

"아, 제가 무슨 말을 한 거죠?"

"너, 당근…… 아니, 홍당무 같아."

경식이 치킨을 입에 한가득 넣고 오물거리며 말했다. 소유가 바로 반격에 나섰다.

"여보세요, 당근하고 홍당무하고 같은 거예요. 빨간무나 레드비트라고 하시면 몰라도."

"여보세요, 원래는 다른 의미였는데 같은 의미로 지금 사용할 뿐이에요."

"여보세요, 암튼 지금은 같은 거잖아요."

"여보세요, 아무튼이 어디 있어요. 다 유래가 있고, 원래가 있는데요."

경식과 소유의 말장난이 계속 이어지자 김 경감이 일침을 놓았다.

"너희 자꾸 그러다가 진짜 여보 된다."

"아, 아저씨이!!"

이번에는 소유의 얼굴이 당근으로 변했다. 경식은 내

심 그 말이 좋았지만, 너스레를 떨었다.

"아, 다 너 때문이야. 먹기나 해. 자자, 다들 맛있게 먹읍시다."

소유는 입을 삐죽 내민 채로 로제 떡볶이 두 개를 한 번에 집어서 입에 넣었다. 경식은 그 모습이 귀여워 피식 웃음이 나오려는 걸 참았다. 경식의 마음을 눈치챈 K와 김 경감은 눈을 마주치며 웃었다. 우빈은 구름과 윤하를 흐뭇하게 보다가 K에게 말을 걸었다.

"쟤네 둘 보고 있으면 너무 행복해. 구름이도 윤하도 혼자이지 않아서 너무 안심이야."

"너도 혼자 아니야."

K는 무심한 표정으로 말했다. 우빈은 가슴을 부여잡고 말했다.

"심장 폭행할 때는 예고 좀 해. 감동 먹었잖아."

"뭘 사실인데 감동까지 해?"

"사실이 감동이면 찐감동인 거야. 이 당근아."

"인정."

우빈은 닭다리를 집어 K에게 건넸다. K는 닭다리를 받아서 한 입 베어 물고는 "네가 주니까 더 맛있네."라고 말했다.

우빈은 K를 보며 말을 예쁘게 하는 것에 대해 생각했다. 이렇게 기분 좋게 말할 수 있다는 걸 큰아버지와 살 때는 느끼지 못했었다.

"넌 좀 말을 예쁘게 할 수 없냐?"

큰아버지는 우빈에게 자주 이렇게 말했다. 우빈은 그 말을 들을 때마다 생각했다. 나는 말을 예쁘게 할 수 없는 사람이구나, 하고. 그런데 나중에 알았다. 아버지가 죽고, 내내 구박과 멸시를 일삼다가 결국은 보험금까지 들고 도망간 큰아버지에게만 말을 예쁘게 할 수 없었다는 걸.

"너는 이렇게 얻어먹고 살다간 거지밖에 될 게 없어. 이 빌어먹을 자식아."

"니 아버지는 그래도 싸가지는 있었는데 넌 싸가지도 없냐."

"하나를 보면 열을 안다고 넌 잘 될 리가 없어."

큰아버지의 말은 말이 아니라 칼이었다. 문득 날아와서 마음 여기저기를 찔렀다.

우빈이의 마음에서 아직도 몇 개의 칼은 빠져나가지 않았다. 여전히 자신을 찌르고 있다는 걸 문득 발견할 때가 있다. 그런데 어떻게 내 마음에 칼을 꽂는 사람에게 꽃을 선물할 수 있을까? 마더 테레사나 프란치스코 같은 성인이나 가능할 일이 아닐까?

그때는 몰랐다. 수없이 찔리는 마음에서도 꽃을 꺼내야 하는지 알았다. 큰아버지가 아무리 자신을 찔러도 우빈은 복종하고 순종하며 곱게 말해야 하는 줄 알았다. 큰아버지가 누누이 그렇게 가르쳤고, 그렇게 행동하지 못하는 우빈이 나쁜 거라고 했으니까. 그게 가스라이팅이라는 건 나중에 김 경감에게 배웠다.

"큰아버지 말대로 행동하지 않아도 돼. 아니, 그렇게 행동하지 않아야 해. 큰아버지를 미워하는 네 마음을 나무라지 마. 네 잘못 아니야. 인격은 동등한 거지, 사람이 사람에게 군림할 수 있는 게 아니거든."

김 경감의 말에 우빈은 살아돌아온 아버지를 만난 것처럼 감정이 복받쳤다. 김 경감을 안고 엉엉 울었다. 김 경감은 우빈의 등을 토닥여주었다. 우빈의 눈물이 다 빠져나올 때까지.

"넌 참 말을 예쁘게 하는 것 같아. 네 말을 듣고 있으면 기분이 좋아져."

우빈이 K에게 말했다. K는 떡볶이를 오물거리며 말했다.

"너, 모르는구나. 너도 말 엄청 기분 좋게 예쁘게 하는데?"

"내가?"

우빈이 어리둥절한 표정을 지었다.

"아저씨가 중간에 끼어드는 것 같아 미안한데, 우빈아. 아저씨는 네 말 들을 때마다 생각해. 이 녀석이 말을 참 예쁘게 하네, 하고."

우빈의 마음이 이상했다. 억울했던 마음을 김 경감이 다 풀어준 날 이후에도 자신이 예쁘게 말한다는 생각은 해보지 못했다. 큰아버지에게 꽃을 주지 않아도 된다는 건 알게 되었지만, 소중한 사람들에게도 먼저 꽃을 내어 주지 못하는 자신이 영 마뜩찮았다. 그래서 움츠러들었던 마음이 있었다. 그 마음이 닭다리였던 것도 아닌데, 그 마음을 K와 아저씨가 다 뜯어 먹어준 기분이었다. 마음이 엄청나게 홀가분하고 시원해졌다. 그런데 곧 다시 묵직하고 따뜻한 감동이 마음에 생겨났다.

우빈의 얼굴에 꽃이 피었다. 김 경감은 우빈의 마음을 느꼈다. 우빈의 지난 삶을 생각하면 마음이 시큰하고 아프지만, 그 상처마저 꽃이 되고 있다는 걸 생각하니 마음이 환해졌다. 김 경감의 얼굴에도 꽃이 피었다.

"아저씨, 저 너무 잘하고 있는 거 같아요. 그렇죠?"

우빈이 너스레를 부렸다. 김 경감은 장난기가 발동했다.

"우빈아, 그건 인정인데, 그렇다고 막 감동의 바다에 깊이 들어가진 마라. 사실 그 옥상에선 너 진짜 말 안 예쁘게 했었다."

"아아, 아저씨. 나도 기억나요. 경찰이야? 말리지 마! 막 이러고."

"흉내는 내가 더 잘 낼 수 있을 것 같은데? 본격적으로 해볼까?"

소유의 말에 경식이 거들었다.

"항복! 하지 마. 그만해."

우빈이 두 손을 들었다.

"우빈아, 너무 휘말리지 마. 내가 확실히 말하는데, 너 말 예쁘게 하는 사람인 건 진짜야. 얘들아, 그치?"

"인정!"

K의 말에 소유부터 시작된 인정이 윤하로 끝났다. 구름과 윤하는 영문도 모르면서 '인정'을 외친 게 웃겨서 웃었다. 그 웃음이 전파되어 모두 소리 내어 웃었다. 그런데 웃다가 갑자기 구름의 눈시울이 붉어졌다.

"나, 화장실 다녀올게."

구름은 윤하에게 속삭이듯 말하고 밖으로 나갔다. 바깥 공기를 맡으니 참았던 눈물이 흘러내렸다. 마음이 이상했다. 너무 기분이 좋고 행복했는데, 왜 갑자기 눈물이 올라온 걸까. 구름은 자신의 마음을 고민하다가 답을 찾아냈다. 언니가 좋아하는 떡볶이를 먹으며, 언니가 만났다면 분명히 좋아했을 사람들과 왁자지껄 떠들고 웃다 보니 갑자기 언니가 떠오른 것이다.

그리움은 참 주책맞다. 자기가 나와야 할 때와 나오면 안 될 때를 구분하지 못한다. 웃고 있을 때 나와서 울리기도 하고, 울고 있을 때 나와서 웃기기도 한다. 진짜 얄밉다.

구름은 몇 걸음 걸어 나와 벤치를 발견했다. 너무 오래 있다가 들어가면 안에 있는 사람들이 눈치챌지도 모르니 잠깐만 앉아 있다가 들어가야겠다고 생각했다.

바람이 불어왔다. 언니인가, 싶은 생각이 들어 또 눈시울이 붉어졌다. 더 울고 싶지 않아서 하늘을 보며 눈을 끔뻑이는데, 정 경위가 구름을 발견하고 다가왔다.

"고통은 기록되는 거 같아."

"갑자기요?"

정 경위는 옆에 앉아서 조금 전에 구름이 보았던 하늘을 올려다보며 말했다.

"동생 잃고 1년은 정신병자처럼 살았거든. 울다가 웃기도 하고, 우느라 아무것도 못 먹기도 하고, 울다가 지쳐서 먹기도 하고, 어느 날은 조금 괜찮네 싶어서 밥을 먹다가 울기도 하고……. 그러다가 어느 순간 너무 싫어했던 말을 인정하게 되더라. 산 사람은 살아야지,라는 말. 그 말이 너무 싫었는데, 산 사람이라 살 궁리를 하게 되더라고. 다시 공부를 시작하고, 일상이라는 걸 조금씩 되찾기 시작했어. 아마 그때 날 본 사람들은 이제 좀 괜찮은가 보다, 많이 잊혀졌나 보다, 그렇게 생각했을 거야. 실제로 그렇게 말하는 사람들도 있었고."

"근데 아니죠? 난 아직 1년도 되지 않았지만 알 거 같아요."

구름도 다시 하늘을 올려다보며 말했다. 정 경위는 구름을 보며 말을 이어갔다.

"응, 정답이야. 그래서 고통은 기록되는 것 같다는 생각을 하게 된 거야. 서랍 속 오랜 다이어리처럼 아무리 오래되어도 마음 깊숙이 들어갈 뿐 사라지지 않더라고. 그런데 그 기록을 같은 마음으로 같이 보아주는 사람들이 생기더라. 다이어리에 적힌 동생의 이름만 봐도 같이 울어줄 누구와 누구. 그 누구들이 있으니 견뎌지더라. 함부로 말하지 않고, 섣불리 판단하거나 묻지 않고, 그저 옆에서 같이 하늘을 보고, 붉어진 눈을 보며 금세 그 마음을 느끼고, 그래서 아무것도 묻지 않지만 곁에 있어 주는…… 그런 힘이 되는 사람들이 있더라고. 그 덕분에 견디고 있더라고, 내가."

구름은 정 경위를 보았다. 정 경위는 구름의 손에 자신의 손을 살며시 포갰다.

"그거 알지? 너에게도 그런 사람들이 있어서 너도 견딜 수 있었던 거야. 할머니도 복순 모델님도 윤하도 네 곁에 있잖아. 그래도 내가 뭘 위해서 견디나 싶으면 네 언니, 하늘이를 생각해. 다른 사람 다 몰라도 내 동생은 내가 행복하게 오래 살기를 바랄 거고, 다른 사람 몰라도 하늘이는 네가 행복하게 오래 살기를 바랄 테니까."

구름은 고개를 끄덕였다. 따스한 바람이 둘을 스치고 지나갔다. 정 경위가 말했다.

"난 바람이 지나가면 동생인가 싶다."

구름이 놀란 목소리로 말했다.

"언니도요? 나도 우리 언니인가 싶은데, 사람들이 이

상하게 생각할까봐 말하지 않았어요. 좀 전에도 그런 생각이 들어서 너무 이상하냐고 윤하에게만 물어볼까 생각했어요."

"안 이상해. 하나도 안 이상해. 우리 엄마도 그런 걸. 소유가…… 아, 내 동생 이름이 소유야. 저 안에 있는 소유랑 이름이 같아."

"와, 소유 언니 이름 예쁘다고 생각했는데! 근데 저도 언니라고 불러도 돼요?"

"그럼!"

"우리 언니 말고 언니는 없었는데, 언니가 나 외로울까봐 언니를 보내줬나봐요. 그러고 보니 K 언니도, 소유 언니도…… 와, 저, 언니 부자 됐어요."

구름은 손뼉을 치며 좋아했다. 정 경위도 손뼉을 치며 말했다.

"축하해!"

"네! 근데 언니 엄마도 뭐요?"

"아, 우리 엄마도 소유가 바람으로라도 지나갔으면 좋겠다고 해. 바람이 불 때면 바람이, 햇빛이 따스한 날은 햇빛이 소유일지도 모른다고 하고, 예쁘게 핀 들꽃을 발견하면 우리 소유가 꽃으로 피었나 보다 하고……."

구름의 마음에 포근한 바람이 불었다. 자신과 같은 마음의 사람이 있다는 것을 처음으로 알았는데, 그게 너무 큰 위로가 되었다.

"혹시 시간이 되면 유가족 모임에도 나가봐. 난 엄마 모시고 자주 가. 처음엔 소유가 떠났다는 걸 인정하기 싫어서 안 나갔어. 시간이 조금 지나니까 아픈 얘기 자꾸 해서 뭐하나 싶어서 안 나갔고. 그런데 한 번 나가고 나니까 함께 아파하는 사람들이 있다는 게 견딜 힘을 주더라고. 우리 모임에는 생존자 엄마도 나오는데, 가끔 생존자도 함께 나오거든. 소유랑 같은 나이인데, 걔 보면 진짜 고마워. 살아주어서."

구름은 그 마음을 알 것 같았다.

"아픔을 같이 겪지 못한 사람들은 절대 알 수 없는 고통이 있잖아요. 아픔을 같이 겪은 사람들만이 공유하는 고마움도 있고요. 그 고통과 고마움은 함께 겪은 사람들만이 알 수 있게 만들어진 모양이에요."

"오, 멋진 말이네."

윤하와 소유는 구름과 정 경위가 한참 동안 들어오지 않자, 걱정되어서 나왔다가 둘이 얘기하는 모습을 발견하고 마음을 놓았다.

"구름이가 또 어디서 울고 있을까 걱정했는데 다행이에요."

"응, 이제 걱정 안 해도 되겠다. 저 언니는 사람을 위로하는 능력이 있거든. 구름이는 언니에게 맡기고 우리는 들어가자."

윤하는 고개를 끄덕이며 소유와 함께 들어갔다. 구름과 정 경위도 곧 들어갔다.

모두 배불리 음식을 먹고, 이런저런 대화를 나누고 있었다. 김 경감이 콜라를 잔뜩 따른 머그잔을 들며 말했다.

"우리 이제 건배하고, 오늘을 마무리할까?"

"좋아요!"

경식이 제일 먼저 잔을 들고 일어났다. 그다음은 소유가, 그다음은 정 경위가 일어났다. 모두 다 일어나자 김 경감이 일어나며 말했다.

"우리 모두 아프지 않으면 좋겠지만, 아프지 않은 삶은 없으니, 아프더라도 행복하면 좋겠다. 그래서 만든 건배사다! 행복하자! 아프더라도!"

김 경감은 잔을 높이 들었다. 소유가 "하나둘 셋"을 외쳤고, 동시에 "행복하자, 아프더라도!"를 외치고 건배했다.

구름이는 정말 여기에 모인 모두가 행복하기를 바랐

다. 그리고 이들이 아플 때 같이 아파할 수 있다면 그것이 바로 행복일지도 모른다고 생각했다.

하늘이 아플 때 구름은 이마에 물수건을 얹어주며 걱정했다. 그러다 보면 자신도 아픈 것 같아 이마에 손을 얹어보았고, '언니가 아니라 내가 아프면 좋겠다.'는 생각을 했다. 그러다가 열이 조금 내려가면 장난도 치고 죽도 빼앗아 먹으며 꾀병 아니냐고 놀렸다. 여기 있는 사람들과 그런 장면을 다시 살아낼 수 있을까. 그럼 하늘에 있는 언니도 흐뭇하게 웃을 텐데, 하는 마음이 드니 입가에 미소가 번졌다.

윤하는 구름의 표정을 보고 기분이 좋아졌다. 윤하의 얼굴에도 미소가 떠올랐다. 구름이 웃었으면 좋겠다고 자주 생각했는데, 그건 같이 웃고 싶다는 마음에서 나온 것이었나, 하는 생각이 들었다.

정 경위는 소유와 로제 떡볶이를 포장해서 해빛의 집으로 향했다.

"해빛이, 저녁도 안 먹고 있는 거 아니겠지?"

정 경위의 걱정에 소유는 웃음이 났다.

"언니, 이거 그 마음이다."

"무슨 마음?"

"아무 일도 없었으면 좋겠는데, 아무 일도 없으면 오히려 걱정되는 마음이요."

"이게 왜 그 마음이야?"

"해빛이가 로제 떡볶이를 저녁으로 아주 맛있게 먹었으면 좋겠지만, 저녁을 아직도 안 먹은 건 걱정이 되는 마음이니까요?"

"오, 우리 윤쏘, 똑똑한데?"

"그럼 이제 문을 똑똑할까요?"

해빛의 집 앞에 몇 걸음 먼저 도착한 소유가 정 경위에게 물었다. 정 경위가 고개를 끄덕이자, 소유가 문을 두드렸다.

"해빛! 안에 있어?"

소유는 큰 소리로 말하며 문을 몇 번 더 두드렸다. 해빛이 문을 벌컥 열며 소리를 질렀다.

"아, 왜요! 나 오늘은 안 했어요."

해빛은 양쪽 손목을 내밀며 말했다.

"오늘만 안 했어요,는 아니지?"

정 경위 말에 해빛은 짜증을 냈다.

"아니거든요!"

"다행이네. 이거 먹으라고."

정 경위는 비닐봉지를 흔들었다.

"그게 뭔데요?"

"로제 떡볶이."

해빛의 눈이 반짝였다.

"너, 로제 좋아하는구나?"

정 경위 말에 해빛은 짜증 섞인 목소리로 말했다.

"로제 안 좋아하는 사람도 있어요? 언니는 늙어서 모르나 본데, 내 또래 중엔 없어요."

"늙은 것도 서러운데, 막 모르는 사람을 만드냐? 이거나 받아."

정 경위는 해빛의 손목에 비닐봉지를 걸어주었다.

"그럼 우리는 간다. 가자, 소유야."

"꼭 다 먹어. 너무 많으면 냉장고에 덜어놨다가 내일 데워 먹어."

소유는 해빛에게 당부하고 정 경위와 함께 돌아섰다. 계단을 내려오는데 작은 목소리가 들렸다.

"고마워요."

해빛의 목소리였다. 그 목소리에 정 경위와 소유는 울컥했지만, 왠지 못 들은 척해야 할 것 같아서 돌아보지 않고 걸어갔다.

"해빛이도 언젠가 알게 될 거야. 함께 아파한다고 아
픔이 없어지는 건 아니지만, 함께 아파하는 사람이 있다
면 견딜 힘이 생긴다는 거."

정 경위 말에 소유는 고개를 끄덕였다.

집에 돌아간 소유는 잘 준비를 서둘러 마치고 침대에
누웠다. 굿 나잇 인사를 하려고 '해빛 살리기 방'을 열었
는데, 김 경감의 메시지가 왔다.

> **경감** 해빛 블로그, 방금 올라온 글이야.
> 여성의 마음은 여성이 더 잘 알아주리라 생각했는데,
> 기대 이상이다. 너무 수고했고, 앞으로도 수고해줘.

김 경감은 곰이 춤을 추는 이모티콘과 함께 블로그 링
크를 보냈다. 소유는 또 무슨 일인가 싶어 벌떡 일어나
앉아 링크를 눌렀다. 배달용 음식을 담은 플라스틱 원형
용기 사진이 먼저 보였다. 용기에는 로제 소스가 묻어 있
었다. 아, 로제 떡볶이? 소유는 사진 밑의 글을 읽어내려
갔다.

오늘 첫 끼였다. 아버지란 사람이 또 욕을 하고 난리를 쳐

서 입맛이 없었다. 하필 내가 좋아하는 로제여서 다 먹어치울 수 있었는데, 냉장고에 덜어놓고 먹으라는 S의 말이 떠올랐다. 다 먹어치웠으면 배가 아팠을 텐데, 내가 그럴 걸 알았던 걸까. 마음을 읽는다는 구라를 치던데 구라가 아닌 걸까. 아무튼 나는 반을 덜어놓고 다 먹었다.

서주 언니 생각이 났다. 떡볶이라면 자다가도 벌떡 일어나는 언니였는데. 힘들 때마다 언니 생각이 난다. 근데 S를 보면 서주 언니가 떠오른다. 웃는 게 닮았다. 짜증이 나는데 고맙다. 아니 고마운데 짜증이 난다. 배부르다.

소유의 코 끝이 찡해졌다. 소유는 바로 김 경감에게 답장을 보냈다.

> 아저씨, 너무너무 보람 있어요. 너무너무 행복해요. 마음이 아픈데 행복해요. 아저씨 건배사가 이루어졌나봐요.

경위) 저도 너무 행복합니다. 이런 기회 주셔서 감사해요.

경감) 나도 행복해지네. 좀 옛날 노래지만 들어봐. 잘 듣고 잘 자길.

김 경감은 유튜브 링크를 전송했다. '행복의 나라로'라는 노래였다.

정 경위는 이 노래가 참 마음에 들었다. '나는 행복의 나라로 갈 테야.'라고 했다가 '다들 행복의 나라로 갑시다.' 하고 끝나서. 동생이 하늘로 떠나기 전에는 내 행복만 중요하다고 생각했는데, 이제 곁에 있는 사람들이 보인다. 그 사람들이 다 같이 행복했으면 좋겠다.

소유도 이 노래가 마음에 쏙 들었다. 아저씨의 마음이 담긴 노래 같았다. 간주 중에 '행복하자, 아프더라도' 건배사가 들려도 좋겠다고 생각했다. 그리고 그 마음에 건배하고 싶어졌다.

10

견딜 수 있어,
함께 아파하는 사람들이 있다면

정 경위는 엄마와 함께 합동 추모제에 다녀왔다. 벌써 아홉 번째인데도 소유가 떠난 건 마치 어제 일 같다. 기념품을 사다주겠다며 신나서 떠난 소유의 모습이 아직도 선연하다.

엄마는 그 날짜가 돌아오면 아무 말이 없다. 잘 견디다가도 추모일이 다가오면 말수가 줄어들고 우울함을 감추지 못하다가 결국 당일이 되면 말을 잃어버린다. 사실 더 힘들어하는 건 추모제를 치르고 와서다. 하루 종일 말이 없다가 밤이 되어서야 겨우 한마디를 한다.

"밥 먹을래. 밥 먹자."

정 경위는 오늘도 그럴 거라 예상하고 청소를 시작했다. 엄마가 하는 것처럼 무릎을 꿇고 물걸레로 구석구석 닦다 보면 힘이 들어서 다른 생각이 들지 않는다. 엄마도 이래서 물걸레질을 좋아하나, 하는 생각을 하면서 힘을 주어 바닥을 닦았다. 그런 정 경위를 물끄러미 보던 엄마가 이전의 오늘과 다르게 긴말을 뱉었다.

"사람들이 그러겠지? 이 정도면 잊었겠지. 이 정도면 흐려졌겠지. 이 정도면 통곡은 안 하겠지. 이 정도 시간이 지나면 그래도 괜찮아졌겠지. 사람들은 그러겠지?"

정 경위는 걸레질을 멈추고 정색을 했다.

"그런 말도 안 되는 소릴 누가? 설마 엄마한테 누가 그렇게 말한 거야?"

"아니, 내가 그랬어. 내가 자식 잃은 친구한테도, 엄마 잃은 사촌한테도 내가 그랬어. 말만 안 했지. 그렇게 수십 번 생각했어. 난 진짜 그런 줄 알았거든. 몇 년 지나면 다 살아지고, 괜찮아지고, 웃어지고 그런 줄 알았거든. 다른 사람 뭐랄 거 없어. 내가 질색할 만한 말을 뱉는 사람이 딴 사람이 아니야. 내 안에도 그 사람이 있어. 가끔은 그래서 벌 받나 싶기도 해."

엄마는 거실 탁자에 놓인 소유의 사진을, 아니 사진 속에서 함박웃음을 짓고 있는 소유를 보며 힘없이 말했다. 정 경위는 그런 엄마가 가엾고 애처로웠다.

"말도 안 되는 소리 하지 마. 벌은 이렇게 만든 사람들이 받아야지, 이런 일을 당한 사람이 왜 받아. 가해자가 받는 게 벌이고 피해자가 받는 건 보상이야. 그 어떤 걸로도 보상될 수 없는 생명을 잃은 거라서, 우리는 그저 암담할 뿐인 거고."

정 경위의 말에 엄마는 대답하지 않았다. 엄마는 '보상받기 위해 이러는 거냐.'는 말을 몇 번이나 들었다. '돈을 얼마나 받고 싶어서 이러는 거냐.'는 말도 들었다. 그래서 보상이라는 단어를 들으면 그것이 아무리 정당하게 쓰인 단어라고 해도 생각이 정지된다.

한 번 마음 깊숙이 꽂힌 말은 참 오래도록 빠져나오지 않는다. 꽂은 사람들은 모르겠지만, 알아도 아랑곳하지 않고 꽂아버릴 사람들이 그런 말을 일삼는 거겠지만.

"엄마, 우리 오랜만에 치맥할까?"

엄마의 기분을 바꾸려고 꺼낸 말을 정작 엄마는 받을 생각이 없었다. 정 경위는 또 무슨 말을 꺼내볼까, 고민하고 있는데 전화가 왔다. 김 경감에게 걸려온 전화였다.

"경위님, 늦게 미안해요. 내일까지 휴가인 거 아는데, 내일 저녁에 센터로 와줘야 할 일이 생겨서요. 급하게 의논을 좀 해야 하는데, 괜찮겠어요?"

김 경감의 목소리가 걱정에 잠겨 있었다.

"네네, 그럼요. 여섯 시까지 갈게요."

정 경위는 전화를 끊고 엄마의 기분을 살폈다. 표정이 점점 더 어두워지는 것 같았다. 치맥이란 말에 치킨을 좋아하던 소유 생각을 했을까. 소유가 떠오르지 않을 다른 이야기가 없을까, 고민하다가 그만두었다.

별일 없는 사람처럼 살다가도 한 번 그리움이 떠오르면 소유는 어디에나 있다. 소유가 좋아하던 음식에는 '그 음식을 좋아하던 소유'가 있고, 소유가 싫어하던 음식에는 '그 음식을 싫어하던 소유'가 있다. 사진을 보아도 보지 않아도, 집에 있어도 집 밖에 있어도 소유가 따라다닌다. 그럴 때는 아무것도 할 수 없다. 그저 얼른 이 시간이 또 지나가길 바라는 수밖에.

다음 날 저녁, 센터에는 김 경감뿐 아니라 살자클럽 운영진과 구름이, 윤하, 우빈이까지 와 있었다. 모두 검은색 옷차림이었다. 하얀색만 고집하던 소유도 오늘은 검은색 블라우스와 검은색 스커트를 입었다.

김 경감은 사무실 한쪽으로 긴 탁자를 옮겨 놓으며, "자, 준비한 음식들 여기에 놓자."라고 말했다. 소유는 마라탕이 담긴 일회용 용기를 가운데에 올려두었다. 경식은 치킨 닭다리 두 개를 접시에 담고, 구름은 제로 콜라를 컵에 따라서 탁자에 놓았다. 윤하와 우빈은 초코머핀과 초코칩 쿠키를, K는 집에서 만들어온 달걀말이를 접시에 담아냈다. 김 경감은 음식들을 둘러본 후 말했다.

"아, 이제 됐다. 소유야, 사진 가져왔지?"

"당근이요!"

소유는 액자를 가져와 음식들 뒤에 세워두었다.

"이제 언니만 오면 완성이에요."

소유의 말을 들은 것처럼 정 경위가 바로 도착했다. 정 경위는 헐레벌떡 들어와서 대뜸 물었다.

"경감님! 무슨 일이에요?"

"아, 여기로 와봐요."

정 경위는 김 경감의 목소리가 들려오는 쪽으로 급하게 걸어갔다. 김 경감과 살자클럽 운영진이 보였다. 우빈이, 윤하, 구름이도 보였다. 그들은 한쪽으로 일렬로 서서 옅은 미소로 정 경위를 맞이했다. 정 경위는 도무지 무슨 일인지 영문을 몰랐다.

　김 경감은 말없이 탁자를 가리켰다. 정 경위는 그제야 옆에 길쭉하게 놓인 탁자를 보았다. 동생 소유가 좋아하던 음식들이 놓여 있었다.

　'이게 무슨 일이지?'

　그때까지도 영문을 모르던 정 경위는 사진을 발견했다. 소유가 떠나고, 정 경위가 소유의 인스타그램에 고정해둔 사진이었다. 소유의 사진 중에서 가장 밝게 웃고 있는 사진. 정 경위는 소유를 기억하는 이들이 문득 그리움이 떠올라 소유의 인스타그램을 찾아오면 이 사진을 보고 같이 웃었으면 좋겠다는 마음으로 사진을 고정해두었다.

　"이게 다 뭐예요? 다 동생이 좋아했던 건데."

　"살자클럽 운영진들이 동생의 인스타그램에서 알아냈대요. 동생 친구들에게 디엠을 보내서 알아낸 것도 있고요. 우리가 함께 추모하고 싶었어요."

　김 경감의 말이 끝나자 소유가 몇 발짝 앞으로 나와서 정 경위에게 사과했다.

　"몰래 해서 미안해요, 언니. 이왕이면 소유 언니가 좋아하던 걸로 차려주고 싶었어요. 우리 할아버지 제사 지낼 때 보면 떡이랑 막걸리랑 다 할아버지가 좋아하던 것들로 놓길래……."

"나는 거리 순찰을 도는데, 소유는 인스타그램 순찰을 돌았나봐요."

김 경감은 웃음 섞인 농담을 건넸는데, 정 경위는 울음이 터져버렸다.

"고마워요. 고맙습니다. 고마워요. 진짜……."

정 경위는 다리에 힘이 풀려 바닥에 털썩 주저앉고 말았다. 그동안 수없이 이렇게 울고 싶었는데, 엄마를 생각하고 주위 사람들을 생각하다 보면 차마 울 수가 없었다. 자신이 버티고 있어야 할 것만 같았다. 자신마저 무너지면 엄마가 더 힘들 것만 같았다. 그런데 그렇게 꾹꾹 눌러지던 마음이 터져버렸다.

김 경감은 애꿎은 천장을 노려봤다. 정 경위의 마음을 알 것 같아서 차마 볼 수가 없었다. 소유와 K는 정 경위 옆에 쭈그리고 앉아 같이 울었다.

소유는 정 경위의 울음보다 K의 울음이 더 반가웠다. K가 이렇게 소리 내어 우는 걸 처음 보았다. 그동안 참기만 하는 K가 너무 안쓰러웠는데, 이제라도 이렇게 울 수 있어서 정말 다행이라는 생각이 들었다.

우빈과 경식은 자신들도 모르게 손을 잡고 있다가 깜짝 놀라 손을 떼고 정 경위를 바라보았다. 구름과 윤하는 손을 꼭 잡고 울었다. 윤하는 "하늘이 언니 추모일에도 이렇게 해줄게. 같이 하자. 언니도 마라탕 좋아했잖아."라고 속삭였다. 구름은 대답 대신 윤하의 손을 더 꼭 잡았다.

희서는 라디오 녹음을 마치고 집에 가는 길이었다. 센터 건너편에서 K를 태워 가면 좋겠다는 생각이 들어 차를 돌렸다. 센터 앞에 주차하고 차에서 내렸는데, 센터 앞을 서성이는 수상한 남자가 보였다.

"여기 무슨 용건이 있으세요?"

남자의 뒷모습에 대고 희서가 물었다. 남자는 등을 돌려 희서를 보았다. 희서가 덧붙여 말했다.

"지금 안에 제 조카가 있거든요. 용건이 있으시면 전해드릴까 하고요."

"아, 제 조카도 지금 안에……."

남자는 말하다가 말고 희서를 찬찬히 보았다. 단정한 커트 머리에 하얀 얼굴, 쌍꺼풀은 없지만 큰 눈, 새초롬한 입술과 그 바로 위에 도드라진 갈색 점. 어디선가 본 적이 있는 익숙한 얼굴이었다. 희서는 남자의 시선이 부담스러웠다. 노골적으로 쳐다보는 것 같기도 하고, 왠지 음흉하게 느껴지기도 했다.

"저기, 지금 뭐 하시는……."

"희서…… 선배?"

남자가 희서의 말을 끊었다.

"아니, 제 이름을 어떻게……."

"희서 선배 맞죠? 맞잖아. 나야, 윤민제!"

남자가 대뜸 손을 내밀어 악수를 청했다. 그제야 희서의 뇌 어딘가 깊숙이 숨겨졌던 기억 하나가 툭 튀어나왔다.

윤민제! 4학년이었던 희서에게 만날 때마다 악수를 청하던 새내기 후배였다. 아침에는 "선배, 좋은 하루예요!" 하고, 저녁에는 "선배, 좋은 저녁 보내세요!" 하면서 악수를 하자는 통에 희서가 별명을 지어 불렀었다.

"윤민제? 그 악수 변태, 윤민제?"

"아, 진짜. 선배가 술자리에서 나 놀려먹는다고 그렇게 불러서 내가 얼마나 놀림을 받았는지 알죠? 그런데 아직도 날 그렇게 부르는 거예요?"

민제는 손을 내리고 야속한 눈빛으로 희서를 보았다.

"아, 미안미안…… 나도 모르게 그 말이 튀어나왔네."

155

희서는 사과의 의미로 악수를 청했다. 민제는 얼른 악수를 받으며 말했다.

"내가 살다 살다 선배가 먼저 청한 악수를 다 받아보네."

민제는 신이 나서 맞잡은 손을 지나치게 흔들었고, 희서가 손을 빼며 말했다.

"응, 내 실수인 것 같다. 잘 지냈어?"

"와, 진짜 반가운데요? 우리 저기 벤치에 앉아서 잠깐 얘기해요."

"그래, 반갑긴 하네. 뭐, 그러자."

"우리 이제 정리할까요? 소유가 엄청 반가웠을 거예요. 소유는 내 친구들 만나는 거 무지 좋아했거든요."

정 경위 말에 모두의 마음이 흐뭇해졌다. 각자 가져왔던 음식을 말없이 정리했다. 정 경위는 시선을 옮기며 한 사람씩 찬찬히 보았다.

아무도 자신의 마음을 몰라주는 것 같을 때도 많았다. 하지만 함께 아파해주는 사람들을 더 많이 만났다. 같이 아픔을 겪은 사람들을 만나면서도 느꼈고, 한 번도 본 적 없는 사람들이 같이 울어주었다는 사실도 알고 있었다.

아마 그런 사람들이 없었다면 지금까지 견디는 것은 불가능했을 것이다. 엄마도 그런 마음을 말한 적이 있다.

"생각해보면 모진 말을 하는 사람들도 많았지만, 모진 말 사이에 진심으로 안아주고 울어주는 마음들을 더 많이 만났어. 자기가 겪은 일처럼 같이 아파하고 같이 울어주는 사람들이 없었다면 우리가 어떻게 살 수 있었겠어."

오늘 그 마음을 더 따뜻하고 강렬하게 느꼈다. 정 경위는 이 마음을 잊지 않고 꼭 아픈 이들에게 전달하겠다고 다짐했다.

'지금 절벽에 서 있는 해빛에게도, 앞으로 만나게 될 절벽에 선 사람들에게도, 조금 더 자신 있게 말해줘야지. 같이 내려가자고. 꽃밭은 없을지 몰라도 꽃 한 송이는 꼭 피어 있을 거라고. 모든 사람이 널 좋아할 수는 없지만 널 좋아해줄 사람은 분명 있다고. 우리가 함께 견뎌주고 함께 아파하겠다고.'

11

아무 일 없었던 것처럼 보이려고
애쓰지 않아도 돼

K는 새벽 한 시가 넘어서 집에 들어왔다. 피곤이 자신을 먹어버린 것 같은 기분이었다. 그런데 희서의 이야기를 듣고는 푹 자고 일어난 아침 같은 기분이 되었다.

"뭐라고? 이모가 얘기해줬던 악수 변태가 소유 삼촌이라고?"

"응, 진짜 세상은 좁아. 난 착하게 살 거야."

"걱정 마. 엄마는 이미 충분히 착하게 살고 있어."

K는 엄마가 떠나고 엄마가 되어주는 이모에게 '이모', '이모 엄마', '엄마' 이 세 가지 호칭을 번갈아가며 부른

다. 이모는 지적할 만도 한데, 뭐라고 부르든 '이모'와 '엄마'를 해주는 사람이란 건 변함 없으니 아무 문제 없다고 말했다.

K는 그런 이모가 존경스럽다. 최대한 자연스럽게 살려고 노력하고, 편견이 없으며, 상대방의 마음을 배려해주는 사람이니까.

"그래, 난 이미 충분히 착한 거 같긴 해. 게다가 자존감도 높은 사람이니까."

"인정. 근데 한눈에 알아본 거야?"

"악수 변태가…… 아니, 민제가 먼저 알아보더라고. 내가 좀 변한 게 없긴 하잖아."

가끔은 자존감이 주책으로 바뀔 때도 있지만, K는 그런 이모가 있는 모습 그대로 좋다. 그건 이모가 먼저 K의 있는 모습 그대로를 좋아해주기 때문이지만.

"지금 소유는 자이로드롭 타고 소리 지르는 사람처럼 하이톤이겠다. 어머, 어머, 삼촌이 그 악수 변태라고? 하면서."

"소유가 악수 변태를 어떻게 알아? 아니 자기 삼촌을 내가 악수 변태라고 부른 걸 어떻게 알아?"

"내가 얘기해준 적 있거든. 우리 이모 인기 많았다고

하면서, 악수 변태까지 있었다, 하고……."

"아우, 내가 민제 명예를 심각하게 훼손했구나. 나중에 심심한 사과를 건네야겠다."

"응, 꼭 진심 어린 사과를 해야 해. 소유 삼촌 좋은 사람인데, 이모 덕분에 명예를 잃다니……."

"맞아, 좋은 사람이야. 순수하고 맑은 친구였지. 그러니까 악수 변태라고 놀렸지. 진짜 이상한 놈이면 어떻게 그런 별명으로 부를 수 있었겠어?"

"인정!"

희서는 스무 살 민제를 떠올리며 웃었다. 그리고 K의 예상이 적중했다. 소유는 자이로드롭을 타고 있는 것처럼 소리를 질렀다.

"꺅! 말도 안 돼! 어머, 어머, 우리 삼촌이 그 변태였다니! 꺅!"

"윤소유, 말은 똑바로 해. 악수 변태야, 그냥 변태 아니고……. 그리고 선배가 날 놀리려고 붙인 별명일 뿐이야. 선배도 날 엄청 예뻐했고."

"아니 아니, 그건 중요하지 않고, 삼촌"

"삼촌은 지금 그게 젤 중요해."

"아니, 그럼 삼촌, 그건 좀 나중에 중요하고, 그럼 K의 이모가 그분인 거잖아? 행운이 없는 삶은 있어도 행복이 없는 삶은 없다고 말해준 삼촌 선배! 얼마 전에 라디오에 나온 걸 들었다는 그분! 꺅!"

"그……렇지."

"와, 개설레."

소유는 가슴에 손을 대며 좋아하는 남자와 우연히 마주친 여주인공 같은 표정을 지었다.

"아니, 네가 왜 설레?"

"삼촌, 옛날부터 설렘은 대리만족이 가능한 감정이야. 그러니까 춘봉이를 보면서도 완전 설레는 거지."

"춘봉인 또 누구야?"

"내가 완전 애정하는 웹툰의 남주!"

"남자 주인공? 아니 근데 왜 그렇게 이름이 촌스러워?"

"아, 그게, 춘봉이는 조선시대 때 이름이고, 지금은 도겸이야. 환생한 거지. 근데 도겸이는 여자들에게 말도 잘 못 걸고 완전 극 아이!"

"아이?"

"엠비티아이에서 아이 말이야. 근데 춘봉이는 달라. 말도 잘하고 아주 플러팅 고수야. 그래서 웹툰 보다가 꺅꺅 소리를 지른다니까. 삼촌하곤 완전 다르지? 여자

들이 춘봉이랑 악수하고 싶어했지, 춘봉이가 먼저 악수
하자고 질척대지는 않거든."

"윤소유, 질척이라니!"

"삼촌이 한 행동을 질척이라고 하는 거야."

"와, 너무해. 아니야, 절대 아니야."

"삼촌, 나는 강한 부정은 긍정이라고 배웠어. 잘자."

소유는 방으로 휙 들어가버렸다. 민제는 한숨을 푹 내
쉬었다. 소유는 바람이 빠지고 있는 풍선처럼 자꾸 피식
피식 웃음이 새어 나와서 이불을 뒤집어쓰고 한참을 웃
었다.

민제는 대학 시절을 떠올리다가 잠을 놓쳤다. 시간은
새벽 두 시를 지나고 있었다. 날짜를 보니 수요일이었
다. 얼른 라디오를 틀었다.

🎙 안녕하세요, 여러분들이 오매불망 기다리는 수요일의 코
　너, 그대 마음의 기분을 진행해주시는 일타 심리 에세이
　스트 김희서 작가님, 모셨습니다. 안녕하세요.

🎙 안녕하세요. 반갑습니다.

🎙 오늘은 특집으로 청소년들의 고민을 받아 두었는데요. 희서 작가님은 청소년들에게 깊은 애정이 있으시죠?

🎙 네, 집에 청소년이 두 명이나 있으니까요.

🎙 집 밖에서도 청소년들을 만나 무료로 상담을 해주시는 걸로 알고 있어요.

🎙 네, 그렇긴 한데요, 청소년들을 만나다 보면 오히려 제가 돈을 내야 할 것 같을 때가 더 많아요. 아이들의 맑은 마음 덕분에 오히려 제가 답을 얻을 때가 많거든요. 이 자리를 빌려서 저와 상담을 해준 청소년들에게 깊은 감사를 전합니다.

🎙 상담했던 청소년들이 들으면 참 기분 좋을 거 같아요. 그럼 이제 첫 사연을 먼저 읽어볼까요? 저는 이 사연 듣고 좀 슬펐어요. 잠을 줄이고 공부를 해야 하는데 자꾸 잠이 와요. 어떡하죠? 짧지만 가슴 아픈 사연이에요.

🎙 맞아요. 참…… 슬퍼요. 수면을 연구하는 박사님이 그러

시더라고요. 잠자는 시간을 아까워하지 말라고. 사람은 먹고 싸고 자는 것, 이 세 가지가 잘 되어야 건강히 살 수 있는데, 그건 잘 자야 또 잘 살 수 있다는 말이라고. 그러니 자는 시간은 허비되는 게 아니라 충전되는 거라고요.

🎙 너무 맞는 말씀이네요.

🎙 네, 그런데 지금 아이들이 잠이 부족한 경우가 많죠. 할 일은 많고, 잠을 잘 시간은 턱없이 부족하니까요. 그리고 원래 해야만 하는 건 하기 싫잖아요. 사실 너무 일방적이고 폭력적인 언어예요. 해야만 해,라는 말이요. 공부는 이미 해야만 한다고 정해져 있는 거니까 얼마나 하기 싫겠어요? 하기 싫은 걸 하니 잠이 더 올 수밖에 없고요. 그러니까 내가 왜 잠이 오지, 더 해야 하는데 게으르게 왜 그러지, 자책하지 말았으면 좋겠어요. 틈틈이 허락되는 만큼 꼭 잤으면 좋겠고요. 그래야 충전도 되고 해야만 하는 것을 할 힘이 생기는 거니까요.

🎙 아이들에게 참 미안한 마음이 드네요. 다음 질문 드릴게요. 죽고 싶을 만큼 힘들어하는 친구에게 위로를 해주고

싶은데요, 어떻게 해주면 좋을까요?

🎙 상담하면서 자주 들은 질문이에요. 그럴 때마다 아이들 마음이 참 예쁘다는 생각이 들더라고요. 친구를 먼저 생각하는 마음 자체가 너무 예쁘잖아요. 그래서 더 잘 대답해주려고 고민하다가 실제로 힘들어하는 친구에게 어떤 위로를 받을 때 가장 좋았냐고 물어봤어요. 여러 명의 아이들이 거의 같은 대답을 했어요. 아무렇지도 않게 대해주는 게 좋대요. 밥은 먹었냐, 잠은 잘 잤냐, 아무렇지도 않게 물으면서 일상을 함께해주는 친구가 가장 큰 위로가 된다고요. 생각해보면 우리도 그렇잖아요. 어떤 말도 위로가 되지 않을 때 진짜 위로가 되는 건 곁에서 묵묵히 함께 해주는 친구잖아요.

🎙 와, 작가 같아요, 작가님!

🎙 네, 작가가 꿈이거든요.

🎙 하하, 꼭 이루시길 바랄게요.

민제는 희서가 슬퍼할 때 같이 슬퍼하고, 희서가 웃을 때 같이 웃으며 들었다. 소유는 거실로 나가려다가 라디오를 듣고 있는 민제를 발견하고, 방해하고 싶지 않아서 소리 나지 않게 문을 다시 닫고 들어왔다. 잠이 안 와서 뭘 할까 하다가 K에게 카톡을 보냈다.

자?

K 전남친임? 이 멘트 뭐냐 ㅋㅋㅋ

ㅋㅋㅋ 뭐해?

K 잠이 안 와서 뒤척이고 있었어.

릴스 봄?

K 아니, 이모가 잠 안 올 때 휴대폰 보면 뭐, 멜라토닌인가? 그 성분이 나오는 걸 방해해서 숙면에 더 안 좋은 거래. 그래서 참고 있었어.

암튼 이모 말은 잘 들어. 자살클럽에 들어온 사연은 없어?

K 있는데, 출동할 만한 사연은 아직 없어. 이모한테 자문 얻어서 채팅 상담으로 이야기 들어주고 공감해주고 있어. 참 신기해.

뭐가?

K : 들어만 줘도 풀리는 마음. 말하기만 해도 괜찮아지는 마음.

생각보다 들어줄 사람이 없어. 생각보다 다 말해도 되는 사람도 없고.

K : ㅇㅈ

나 또 언니랑 해빛이 만나러 갈 거임. 시간날 때마다 같이 가기로 했어.

K : 잘했네.

살릴 수 있겠지?

K : 그럼! 이미 살리고 있는 걸.

넌 안 두려워? 다 살릴 수 없는 거?

K : 두렵지. 나 사실, 못 살린 친구도 있어. 와, 처음 말하네.

잉? 찐으로?

K : 응, 곧 있으면 1주기야. 그렇지 않아도 너랑 경식이한테 말하고 같이 가잘까 했어.

어딜?

K : 서울시립승화원. 그 아이 뿌린 곳.

ㅠㅠ 가자, 같이. 마음 너무 힘들었지? 아니, 지금도 힘들지? 안 괜찮지?

K는 소유의 말에 창밖을 바라보았다. 눈물이 날 땐 울어도 된다는 걸 배웠는데도 오랜 습관이 잘 고쳐지지 않는다. 다른 사람들은 괜찮아 보이지 않을 때도 "괜찮아?"라고 묻는다. 하지만 소유는 다르다. 안 괜찮아 보이면 "안 괜찮지?"라고 묻는다. 그런 소유의 마음이 K에게 정말 큰 위로가 된다.

> **K** 나도 이제 너처럼 물어야겠다. 괜찮지 않은 사람에게도 괜찮아,라고 묻는 거 이상한 거 같아. 네 말 듣고 생각해보니까, 안 괜찮으면 안 괜찮지, 라고 물어야지. 괜찮아, 물으면 안 괜찮다고 답하기가 힘들잖아. 안 괜찮다고 말해도 된다고 하면서 괜찮냐고 묻는 거, 질문이 잘못된 거 같아. 누가 봐도 안 괜찮으면 안 괜찮지,라고 묻는 게 맞잖아. 고마워, 네 덕분에 좋은 거 알았다.

> 넌 그게 장점이야.

> **K** 뭐?

> 바로 인정하고 받아들이고 수정하고. 아닌 건 아니라고 하지만, 맞다고 생각되는 건 별 저항없이 그렇게 하는 거, 멋져.

> **K** 고마워. 네가 있어서 참 다행이다.

나야말로 네가 있어서 다행이야. 그리고 한 가지만 부탁할게.

(K) 얼마든지!

너희 이모 책에 나온 말인데 정작 너는 너한테 말해주지 않는 것 같아서 내가 말해주고 싶어. 너 충분히 잘하고 있으니까, 아무 일 없는 사람처럼 애쓰지 않아도 된다고. 아무 일이 없는 게 아닌데 자꾸 애쓰니까 안쓰러워.

(K) ㅠㅠ 알겠어. 그렇게. 고마워. 잘자.

소유는 침대에 다리를 뻗고, 어깨를 몇 번 두드린 후에 누웠다. K도 그제야 잠이 와서 바로 누웠다. 그리고 둘 다 바로 잠이 들었다.

다음 날 아침에 깨어나 같은 생각을 했다. 소유는 "K랑 대화했더니 잘 잤네.", K는 "소유랑 카톡하길 잘했어. 덕분에 잘 잤네." 하고.

저녁 6시, 정 경위는 퇴근하자마자 로제 떡볶이를 사러 갔다. 소유는 학교 끝나고 바로 해빛의 집 앞으로 갔다.

"윤쏘! 안녕! 일찍 왔네."

정 경위가 포장한 로제 떡볶이를 들어보이며 인사를 건넸다. 소유는 배를 문지르며 "어우, 언니! 배고파요!"라고 인사했다.

"흐흐, 나도. 가서 해빛이 혼자 있으면 같이 먹자고 하자."

"좋아요. 우리 아빠가 밥 먹으면서 쌓이는 정이 엄청 무서운 거라고 그랬어요. 자신도 모르게 쌓인다고요."

"그래, 우리 그 무서운 정 좀 쌓아보자."

정 경위와 소유는 경쾌한 발걸음으로 해빛이 사는 빌라에 들어섰다. 두 계단쯤 올랐을까, 계단을 뛰어 내려오는 소리가 들렸다. 해빛이었다. 해빛은 낡은 흰색 티셔츠에 남색 반바지를 입고, 맨발에 슬리퍼를 신고 있었다. 소유는 너무 놀라서 아무 말도 하지 못했고, 정 경위는 침착하려고 애쓰며 물었다.

"해빛아, 무슨 일이야?"

해빛의 눈에서 눈물이 뚝뚝 떨어졌다.

"안 되겠다. 우선 다른 데로 가자."

정 경위와 소유는 해빛과 함께 건너편에 있는 놀이터로 갔다. 정 경위는 벤치를 발견하고, 우선 해빛을 앉혔다. 해빛의 눈물은 그쳤지만, 마음은 계속 울고 있었다.

소유는 그 마음이 느껴져 울 수 없었다. 같이 울어줘야 할 때가 있지만 울지 않고 마음을 알아줘야 할 때가 있다고 생각했다. 지금은 후자였다.

소유는 조심스럽게 해빛의 등에 손을 얹고 토닥였다. 정 경위는 해빛의 손을 잡고 앞에 웅크려 앉아서 물었다.

"혹시 폭력을 당한 거야?"

"아니요. 맞진 않았는데, 아빠가 언니 사진을 찢어버렸어요."

해빛의 마음이 또 눈으로 울컥 올라왔다.

"해빛이가 친언니처럼 따랐다던 그 언니 사진?"

"네, 서주 언니예요. 우리 언니 이름, 예쁘죠?"

"응, 너무 예쁘네."

정 경위의 대답에 해빛의 눈물이 다시 쏟아졌다. 정 경위는 티슈를 꺼내 건네주었다.

"해빛아, 그것도 폭력이야. 때리는 것만 폭력이 아니라, 네가 원치 않은 일을 강제로 하는 거, 그것도 폭력이야. 그러니까 사진 하나 버린 걸로 내가 왜 이렇게 우나, 하고 자책하지 마. 폭력을 당했으니 아픈 게 맞아. 폭력은 정당하지 않지만, 아픔은 정당해."

해빛은 "그렇게 말해줘서 고맙습니다."라고는 또 울

었다.

"울어. 울고 싶은 만큼 울어도 돼. 내 친구 이모가 작간데, 그 작가님이 쓴 책에 나와 있었어. 눈물도 때론 방패가 된다고."

해빛은 우는 와중에도 그 말이 너무 좋았다. 눈물도 때론 방패가 된다는 말. 그래서 울면서 물었다.

"또, 다른 말은 없었어?"

"있었어. 아무 일 없었던 것처럼 보이려고 애쓰지 않아도 된대. 아무 일이 없었던 게 아닌데 왜 그래야 하냐고. 그러지 않아도 넌 충분히 아름다운 사람이라고."

해빛은 이제 엉엉 소리를 내면서 울었다. 정 경위는 눈물이 나려고 하다가 웃음이 났다. 눈물을 흘리면서 질문하는 해빛이 너무 귀여웠고, 눈물을 참고 위로하는 소유가 아주 많이 기특해서 자꾸 웃음이 났다.

> (K) 그래서 해빛이는 괜찮아졌어?

> 반은 괜찮아지고, 반은 안 괜찮겠지. 그런데 좋아. 확실히 사람은 같이 웃을 때보다 같이 울 때 더 친해지는 거 같아.

> (K) 많이 친해졌나봄?

해빛이는 울고 싶은 만큼 울었고, 나도 울음을 참다가 결국 울었거든. 다 울고 나서 로제 떡볶이도 같이 먹고 언니가 아이스크림도 사줘서 아이스크림도 같이 먹고 헤어졌어. 근데 해빛이가 "오늘 진짜 고마워." 하고 손도 흔들어줌.

K 내가 다 뿌듯하네. 너무 수고했어. 참, 우리 이모가 내일 태워다 준다는데.

경식이는 갈 수 있대?

K 아니, 너무 가고 싶은데 아빠 식당 도와드리 기로 해서 못 간다고.

그럼 잘됐다. 아, 경식이가 못 가는 게 잘된 거 아니고, 우리 삼촌이랑 같이 갈 수 있게 된 거 같아서. 삼촌이 내일 점심에 시간 되면 같이 먹자고 했는데, 내일 너랑 만나서 서울시립승화원 간다고 하니까 그럼 같이 갈까 해서 너 한테 물어본다고 했거든. 삼촌이랑 같이 가도 되지?

K 응, 완전 되지.

그럼, 이모한테 나 태우고 가달라고 말씀드려줘. 난 삼촌 이랑 9시 반까지 준비하고 있으면 되지?

K 응, 좋아!

12

행복은 분명히 있어,
보도블록 사이에 핀 들꽃처럼

서울시립승화원으로 향하는 희서의 차 안, 조수석에
앉은 민제가 입을 열었다.

"선배랑 진짜 오랜만에 어딜 가네요."

"그러게."

민제는 더 할 말이 없었다. 갑자기 옛날이야기를 꺼내
기도 그렇고, 며칠 전에 봤는데 안부를 묻기도 그랬다.
어색하기는 희서도 마찬가지였다. 소유와 함께 나타난
민제에게 "악수 변태, 너는 왜 가?"라고 툭 내뱉은 것도
미안하고, 함께 나눌 이야깃거리도 떠오르지 않았다.

소유와 K는 그저 즐겁기만 했다. 큰소리로 웃을 수 없는 게 안타까울 뿐, 너무 웃겼다. 둘은 카톡을 주고받았다.

> **K** 나는 둘의 뒤통수가 젤 웃겨. 어떻게 뒤통수 까지 어색할 수가 있어?

> 뒤통수가 말을 해. '개어색해, 개어색해' 하고 ㅋㅋㅋ

> **K** ㅋㅋㅋㅋㅋㅋ 이모 책에 웃고 싶을 때 웃고 울고 싶을 때 울어야 한다고 했는데, 웃고 싶 은데 못 웃으니까 배가 아픈 거 같아.

> 기침하는 척하면서 웃음을 내보내. 이렇게. 콜록ㅋㅋ

소유는 기침하는 척하면서 웃고, 웃음이 나오려고 하면 기침을 했다. K는 그런 소유를 따라하다가 실패했다. 기침도 잘 못 하고, 잘 웃지도 못했다. 소유는 그런 K가 너무 웃겨서 웃음이 터져버렸고, K도 그냥 웃어버렸다. 희서는 백미러로 둘을 보면서 물었다.

"뭐야? 같이 웹툰 보고 있어?"

"오~ 우리 이모, 정확하네!"

K는 휴대폰을 보는 척하며 깔깔깔 웃고, 소유도 "아,

진짜 개웃겨요." 하고 깔깔깔 웃었다.

K — 이건 선의의 거짓말임

악의가 보이는데?

K는 소유의 답을 보고 웃었고, 소유는 덩달아 웃었다. 민제는 둘의 웃음소리가 웃겨서 웃었고, 희서는 민제까지 웃는 상황이 어이가 없어서 웃음이 새어나왔다. 이 웃음 파도 덕분에 어색함이 조금 사라진 기분이 들었다. 하지만 서울시립승화원에 도착하자마자, 모두 언제 웃었냐는 듯이 조용해졌다.

K가 앞장서서 걸었고, 셋은 K를 따라갔다. K는 승화원 건물 앞에서 오른쪽으로 방향을 틀었다. '유택동산'이라는 팻말이 있었고, 산으로 난 계단을 타고 올라가자 돌로 만들어진 단이 있었다. 그 옆에는 단과 같은 색깔의 큰 항아리가 있었다. 소유는 작은 목소리로 물었다.

"유택동산이 뭐야?"

"화장해서 유골함에 넣으면 유골함을 둘 장소가 있어야 하잖아. 그 장소가 없으면 허락되는 장소에 뿌려야 하고……. 그런데 둘 다 할 수 없는 사람들도 있으니까 그 사람들을 위해 마련된 곳이야. 화장해서 이 항아리 안에 뿌리는 거야. 항아리가 꽉 차면 한꺼번에 다른 공원묘지로 옮긴대."

"그럼 선후는 왜 여기에 있어?"

"무료니까."

소유는 더 이상 묻지 않았다.

K는 준비해온 사이다를 종이컵에 따르고, 과자 봉지를 펼쳐서 단 위에 올려두었다.

"누나가 월요일에 사준다고 했던 과자랑 사이다야. 이거라도 먹고 가지, 뭐가 급해서 주말에 가냐? 지금이라도 많이 먹어."

K는 항아리를 보면서 말했다. 민제가 물었다.

"녀석 이름이 뭐라고?"

"아, 선후요."

"선후, 담배는 안 폈어?"

"폈어요. 끊기로 했는데, 마음이 힘들 때는 도움이 된다고 해서 강요는 못 했어요."

민제는 담배 한 개비를 꺼내 불을 붙이고, 한 모금을 빨았다. 그리고 사이다 옆에 놓아주었다. 담배 연기가 향처럼 피어올랐다.

"녀석, 담배가 젤 급했나보다. 엄청 빨리 피우네."

민제의 말에 셋은 동시에 담배를 보았다. 정말 담배가 누가 급하게 피우고 있는 것처럼 타들어갔다.

"선후가 엄청 고마워할 거야. 네 덕분에 좋은 기억을 얻고 갔으니까."

희서의 말에 K는 선후의 이야기를 처음으로 꺼내놓았다.

"진짜 좋은 애였어요. 착하고, 공부도 잘하고, 말도 예쁘게 하고…… 가끔 억지를 부렸지만, 그건 사랑받고 싶어서 그런 거고…… 진짜 멋진 녀석이었어요. 엄마는 술을 마시고 물건을 다 부수고, 정신병원에 들어갔다가 나왔다가 반복을 하고, 아버지는 자길 낳았단 사실이 없는 사람처럼 혼자 잘 먹고 잘 사는데도, 그래도 낳아줘서 고맙다고 말하는 녀석이었어요."

K는 말하다 말고 먼 산을 보았다.

"아무 일 없었던 것처럼 보여야 하는 세상에서 그러지 않아도 되는 사람을 만나서 행복했을 거야. 너도 알겠지만 네가 잘못해서, 덜 사랑해서, 더 노력하지 않아서 선후가 간 거 아니야. 너무 큰 잔에 물이 가득 차 있으면 원샷하는 게 힘들잖아. 이미 차버린 고통을 짧은 시간에 없애는 건 불가능에 가까워. 이미 너무 차버려서 넘치는 걸

막을 수 없었던 건데, 그걸 누가 어떻게 할 수 있었겠어. 최선을 다했잖아. 그러니까 자책하지 마. 모두를 살릴 수 있다면 좋겠지만, 그럴 수는 없어. 사람이잖아, 너."

희서의 말은 K에게 따뜻한 위로가 되었다. 그런데 이상하게 소유와 민제의 마음에도 위로가 닿았다.

"그럼 이제 우리, 은재한테 선후랑 둘이 얘기할 시간을 좀 줄까?"

희서의 제안에 소유와 민제가 동의했다. 셋은 멀찍이 떨어져서 K의 뒷모습을 지켜보았다. K는 선후에게 하고 싶은 얘기가 많았는지, 쉬지 않고 얘기를 건넸다. 20분쯤 지났을 때, K가 단 위에 놓았던 것들을 정리하고 뒤돌아섰다. 소유는 K의 곁으로 가서 활짝 웃어주었다.

"선후도 활짝 웃고 있을 거야."

"맞아. 근데 두렵기는 해. 이모 말이 다 맞는데, 모두를 살릴 수는 없는 건데, 또 선후처럼 보내야 하는 사람이 생길까봐……."

"사람들은 참 이상하지 않아? 비가 오면 계속 비가 올까봐 걱정하지만, 날이 맑다고 계속 맑을까봐 걱정하진 않잖아. 우리도 그러자. 이제야 해가 뜬 건데, 좀 즐기자. 해가 뜬 걸 보면서도 비가 올까봐 걱정하면 이 맑은 날

씨를 누릴 수가 없잖아."

"그렇지. 소유, 제법이네."

희서가 소유를 칭찬했다. K는 그제야 마음이 놓였는지 한층 밝아진 목소리로 말했다.

"그럼, 이모가 소유를 칭찬하는 의미에서 고기를 사주는 건가?"

"뭐, 고기 정도야, 물론이지!"

K와 소유는 꺅 소리를 질렀다. 소유가 검색해서 근처에 있는 맛있는 갈빗집을 찾아냈다. 민제가 내비게이션에 그 주소를 입력했다.

"옆에서 내비 찍어주는 후배도 있고 좋네."

"난 원래 좋은 후배였어요, 선배."

"그래. 뭐, 인정."

소유는 'K가 이모 닮아서 인정이 빠른 거구나' 하고 생각했다. K는 이모에게 좋은 친구가 생긴 것 같아서 기분이 좋았다.

갈빗집에 도착해 자리에 앉으면서 민제는 "내가 사도 되는데."라고 말했고, 희서는 "내가 사야 돼."라고 말했다.

"우리는 누가 사든 맛있게 먹을게요."

소유가 말했고, K는 흐뭇하게 웃으며 고개를 끄덕였

다. 희서가 돼지갈비 4인분을 주문했고, 민제가 갈비를
구웠다.

"기억난다. 너 원래 고기 잘 구웠잖아."

희서의 말로 둘의 추억여행이 시작되었다.

"오, 선배. 기억하네."

"그럼, 서로 네 앞에 앉으려고 했지, 고기 먹을 때면.
그나저나 담배는 끊어라. 뭐 좋다고 아직까지 담배냐?"

"그래서 오늘 선후는 좋았을 걸?"

"그러니까 오늘까진 선후 좋은 일 했다 하고, 너 좋을
일은 없으니 끊어."

"맞아, 완전 맞는 말씀이에요."

소유가 우적우적 갈비를 씹으며 말했다.

"선배는 언제 끊었어요?"

"이모도 아직 못 끊었……."

생각 없이 말하고 있는 K의 팔을 희서가 꼬집었다. K
는 정신을 차리고 번복했다.

"아, 이제 전담만, 가끔……."

"어우, 그냥 아무 말도 하지 마세요, 소중한 따님."

"응, 그게 좋겠어, 이모."

K는 갈비 두 점을 한 번에 입에 넣고 오물거렸다. 민제

는 그 모습이 귀여워서 웃다가 희서에게 핀잔을 주었다.

"선배도 못 끊었으면서 뭐."

"난 진짜 원고 마감이거나 극도의 스트레스 상황에서 전자담배만 가끔이야. 연초는 끊은 지 오래다."

"아, 맞다. 선배, 용승 선배 좋아할 때 담배 배웠죠?"

"그래, 그 인간이 멋있어 보여서 따라 하느라고…… 참 어리석었지."

"에이, 뭘요. 그럴 수도 있지. 나는 선배 따라서 담배 배운 거잖아요."

갑자기 공기의 흐름이 멈췄다. 그 말인즉슨 민제가 희서를 좋아했다는 이야기라는 걸, 희서와 K와 소유는 느꼈다. 그리고 모두 그렇게 느끼고 있다는 걸 민제도 느꼈다. 민제는 갑자기 고개를 숙이고 고기를 더 열심히 구웠다. 분위기를 어떻게 좀 바꿔볼까 아무리 궁리해도 아무 생각이 나지 않자, 다시 희서가 좋아했던 선배 이야기로 돌아갔다.

"용승 선배가 멋지긴 했지."

"음…… 그 이름은 이제 말씀하지 않으셔도 될 거 같아요."

K의 말에 민제는 영문을 모르겠다는 듯 어깨를 들썩

였다. K는 입모양으로 '전남편', '나쁜 놈', '엑스' 등의 단어를 말했으나 민제는 알아듣지 못했다. 그 모습이 답답했던 희서가 입을 열었다.

"김용승이 내 전남편이자 나쁜 놈이자 엑스엑스라고 말해주는 거야."

"아…… 몰랐네. 미안해요."

"됐어. 우리의 추억 얘기는 네가 고기 잘 굽는 것만 한 걸로 치자."

"아, 선배. 너무 좋은 생각!"

민제는 오른손 엄지를 들어보이며 희서를 칭찬했다.

"우리 이모가 좋은 생각을 좀 많이 하긴 하죠."

"인정!"

"나도 인정! 근데, 혹시 집에 갈 때 저 도시락 하나만 포장해가도 돼요?"

소유는 벽에 붙은 '갈비 도시락 포장 가능'이라고 적혀 있는 포스터를 가리켰다. K가 소유를 툭 치며 물었다.

"아버지 가져다 드리게?"

"아니, 아빠는 밥 먹었대."

"근데 왜?"

"해빛이…… 가져다주고 싶어서."

"아……."

K는 소유의 마음이 느껴졌다. 그런 소유가 참 좋기도 하고 기특하기도 했다. K는 희서에게 해빛에 대해 설명해주었다. 아팠고, 아프지만 이젠 우리가 함께 아파하고 있는 소중한 생명이라는 사실에 대해서. 희서는 당연히 포장해주겠다고 말했고, 소유는 왠지 안심이 되어서 더 열심히 고기를 먹었다.

"자, 그럼 해빛이 집으로 우선 도시락을 배달하자. 그리고 내 후배와 우리 소유를 배달하고, 우리집으로 갈게."

갈빗집을 나오면서 희서가 말했다.

"그럼 힘드실 텐데……."

소유가 미안한 마음을 표현하자 희서는 아무 문제 없다는 표정으로 말했다.

"힘들지! 하지만 힘들어도 좋으니까 하는 거지. 너희도 나도."

"맞아요. 그럼 감사히 그 마음 받을게요."

소유는 휴대폰 메모장에서 해빛의 주소를 찾아서 민제에게 건넸다. 민제는 내비게이션에 주소를 입력했다. 차가 출발하고, 차 안의 분위기는 한결 자연스러워졌다. 민제와 희서는 학교를 같이 다녔던 사람들에 대한 이야기를 나누기도 하고, 지금까지 연락하고 있는 선후배가 누군지 각자 말하기도 했다. K와 소유는 경식이 아버지가 만들어주신 회덮밥이 얼마나 맛있는지 얘기하고, 경식에게 잘 다녀왔다는 카톡을 보내기도 했다.

해빛의 집 앞에서 차가 멈췄다. 소유가 도시락을 들고 내렸다.

"얼른 다녀올게요."

"천천히 와도 되니까 얘기 잘 나누고 와."

"네, 감사해요."

소유는 희서의 배려를 감사히 받았지만, 그래도 오래 기다리게 하기는 미안한 마음이 들어서 뛰어갔다. 소유는 현관 앞에서 해빛에게 전화를 걸었다. 몇 번 울리지 않는데, 해빛이 전화를 받았다.

"해빛 고객님, 문 열어주시길 부탁드립니다."

소유는 드라마에서 백화점 직원을 연기했던 배우를 흉내냈다. 드라마에서는 "무슨 일이시죠?"라는 답이 돌아왔는데, 해빛은 바로 현관을 열었다.

"아니 고객님, 묻지도 따지지도 않고 이렇게 바로 현관을 여시면……."

"언니!"

해빛이 처음으로 소유를 그렇게 불러주었다. 소유의 마음으로 감동이 파도처럼 밀려왔다.

"흑…… 녹음할 걸. 언니, 하고 불러주니까 너무 좋다."

"별게 다 좋대."

"별거 아니어도 좋은데 별거니까 더 좋지. 자, 이거."

소유는 도시락을 내밀었다. 해빛은 받아서 내용물을 보더니 환한 웃음을 지었다.

"오~ 갈비. 먹고 싶었는데."

"언니가 마음을 읽는다니까. 맛있게 먹어. 오늘은 기다리는 분들이 있어서 얼른 가야 해."

"응, 맛있게 먹을게. 잘 가."

"그래, 톡 할게."

해빛이 해맑은 표정으로 고개를 끄덕였다. 소유는 돌아서서 성큼 발걸음을 옮겼다.

"근데 언니, 진짜 마음을 읽어?"

해빛은 깜박 잊었던 것이 생각난 사람처럼 갑자기 물었다. 소유는 그 물음이 귀여워 웃음이 났다.

"아, 진짜 마음을 읽냐고……."

해빛이 어린아이처럼 보챘다. 소유는 다시 해빛에게 다가가 얼굴을 들이밀었다.

"드디어 이제 믿는 거야?"

"음…… 약간 믿기는 거 같아."

소유는 웃음을 머금고 해빛을 보며 말했다.

"너에게만 말해주는 건데, 사실 언니는……."

해빛은 애청하던 드라마의 결말을 기대하는 눈빛으로 소유를 보며 대답을 기다렸다. 소유는 해빛이 노란 원피스를 입은 유치원생처럼 귀엽고 앙증맞아 보였다. 마침 해빛도 노란색 티셔츠를 입고 있었다. 소유는 더 놀릴까 고민하다가 왠지 어린아이에게 심한 장난을 치면 안 될 것 같았다.

"언니는…… 마음을 읽는 능력이…… 없어."

해빛은 드라마의 결말이 너무 원하지 않은 쪽으로 흘러서 실망한 표정이었다. 짜증이 조금 나기도 했다. 그런데 소유는 그 표정이 더 앙증맞아 보여서 키득거렸다.

"뭐야, 진짜 없어?"

"응."

"근데 진짜 읽는 것 같을 때도 많았는데."

해빛의 실망이 깊어졌다. 소유는 토라진 어린아이를 달래듯 손을 잡고 눈을 맞추며 얘기했다.

"언젠가 말이야, 그런 말을 들은 적이 있어. 사람들이 판타지를 좋아하는 건 현실이 힘들기 때문이라고. 현실에서는 이룰 수 없는 것들이 이뤄지고, 그걸 통해 힘든 현실이 잠시 잊혀진다고. 근데 언니는 그 말을 듣는 순간, 너무 싫었어. 현실이 왜? 물론 힘들고 아프지만, 그게 전부는 아니잖아. 힘든 일 사이사이에 끼어 있는 행복이 분명히 있고, 나는 그래서 살아 있는 걸. 왜 잊어야 살 수 있는 것처럼 말하지? 그런 생각이 들었어. 난 초능력이나 판타지 그런 거 말고 철저하게 지금, 이 현실에서 행복하고 싶어."

"아, 갑자기 이 진지 모드 뭐야?"

"내가 너무 진지했나?"

소유는 해빛의 손을 놓고 머리를 긁적였다.

"당근!"

"너는 또 당근을 어떻게 알아?"

"아저씨가 맨날 해. 나 진짜 죽으면 안 돼요, 그러면 당근! 나 안 살아도 되죠, 그러면 안 당근!"

"안 당근?"

소유는 김 경감의 응용력에 웃음이 났다.

"그래서 언니 결론은 뭔데? 힘들기만 한 건 아니라고?"

"응, 네가 나랑 이렇게 얘기하며 웃는다고 힘든 게 없어지는 건 아니지만, 즐겁기는 하잖아. 분명히 행복도 있는 거지. 보도블록 사이에 핀 들꽃처럼."

해빛은 그 말이 좋았다. 고통 사이에 핀 들꽃이 생각해보면 진짜 있었다. 하지만 소유가 마음을 읽는 능력이 없다는 건 실망스러웠다. 어떻게 내 마음을 저렇게 맞히지,라고 생각한 적이 몇 번이나 있는데 그 능력이 없다면 그건 어떻게 설명이 되는 걸까.

"너, 언니가 그런 능력이 없으면 마음을 맞혔던 건 뭐냐고 궁금해하고 있지?"

"아, 소름! 봐, 지금도 맞혔잖아."

"마음을 읽는 능력, 그런 거 없어도 마음을 읽고 공감하고 느낄 수 있어."

"어떻게?"

"사랑하면?"

"갑자기 무슨 새벽 두 시 감성이야?"

"아, 그런 사랑만 사랑이냐? 아저씨가 너에게 주는 것도 사랑이고, 사람을 살리고 싶은 것도 사랑이지. 이 갈비 도시락도 사랑이고! 사랑은 아주 넓고 다양합니다, 이해빛 고객님."

"아, 모르겠다, 난."

"독심술이라는 노래가 있어. 거기 그런 가사가 나와. 난 너의 생각을 생각해. 난 너의 마음을 마음해. 난 그 가사가 참, 좋아. 그게 사랑이잖아. 사랑하면 너의 생각을 생각하고 마음을 마음하게 되잖아. 그러면 마음을 알게 되고, 마음을 알아주게 되고, 그게 공감이고…… 공감하다 보면 아, 이걸 좋아하겠다, 이 생각을 하고 있겠다, 느껴지기도 해. 그러니까 마음을 읽는 능력이 아니라 사랑의 능력이지."

"어려워."

"이왕 어려운 김에 더 어려운 거 하나만 말하고 언니는 뿅뿅 사라질게. 내 친구 이모가 작가라고 했잖아."

"아, 아무 일 없었던 것처럼 보이려고 애쓰지 않아도 된다? 그 말 쓰신?"

"응, 그분의 책에 이런 말도 나와. 사랑은 헛되이 쌓이는 법이 없어서 계속 사랑하고 살면 마음의 눈이 하나 더 생긴다고. 지금 난 그 눈으로 널 보고 있어서 배고프단 것도 보인다. 들어가서 얼른 꼭꼭 씹어서 먹어. 언니, 간다!"

소유는 성큼성큼 사라졌다. 햇빛은 이상했다. 분명히 어렵고 이해되지 않는 말들만 가득 늘어놓았는데, 이상

하게 조금은 알 것 같은 기분이 들었다. 게다가 그 기분
이 왠지 좋았다.

(해빛) 언니, 내가 정리한 게 맞는지 봐봐.

소유가 집에 들어서자, 해빛의 카톡이 휴대폰으로 들
어섰다. 소유는 해빛이 보낸 사진을 열었다.

'날 사랑하는 사람은 나의 마음을 때론 느끼고 때론 알고
때론 볼 수 있다. 그건 마음을 읽는 능력이 아니라 사랑의
능력이다. 그러니까 날 사랑하는 사람에게는 아무 일 없
었던 것처럼 보이지 않아도 된다. 그리고 행복은 분명히
있다. 보도블록 사이에 핀 들꽃처럼.'

소유는 춤을 추는 곰 이모티콘을 보냈다.

(해빛) 잘 정리한 거 맞아?

넌 다 맞아. 네 마음이 다 옳아. 완전 정답이야.

해빛도 소유가 보냈던 곰 이모티콘을 보냈다. 그리고
해빛은 웃었다. 얼마 만에 진짜 웃는 건지 알 수 없지만,

진짜 오랜만에 진짜 웃었다. 자신도 모르는 사이에 마음에서 올라오는 웃음이 어색했지만 웃었다. 오늘은 날씨도 좋았고, 갈비도 먹었고, 언니도 만났고, 좋은 말도 들었고, 사랑이란 게 진짜 있을지도 모른다는 생각도 했으니까.

> **경감** ─ 해빛! 별일 없지? 오늘도 살아주어 고맙다.

김 경감의 카톡이 왔다. 자주 이렇게 인사하는 김 경감에게 해빛은 그 인사가 싫다고 말했다. 오글거리니까 하지 말라고 한 적도 있다. 매번 뭐라고 하진 않았다. 대부분 아무 답을 하지 않는 것으로 답을 했다. 그런데 오늘은 그 말이 왠지 고마웠다. 대답하고 싶어졌다. 1년 넘게 들은 인사가 오늘 새삼스럽게 마음에 담겼다. 그리고 글자를 쳤다가 지웠다가, 보낼까 보내지 말까 열 번 넘게 고민을 하다가 보내버렸다.

> **해빛** ─ 아저씨도 살아주어 고마워요.

13

오늘도 살아주어
고마워

"경감님, 퇴근하셨는데 죄송해요. 저 혼자 당직을 잘 하려고 했는데, 갑자기 어떤 할머니가 찾아오셨거든요. 제가 대답을 잘 못해 드리겠어요. 죄송하지만 다시 와주실 수 있어요?"

정 경위는 난처함이 가득 담긴 목소리로 말했다. 김 경감은 "물론이에요. 조금만 기다려요."라고 말하고 전화를 끊었다.

현관 도어락을 열고 비밀번호를 누르려던 김 경감은 다시 도어락을 닫고 센터로 향했다.

센터는 시끌시끌하고 분주했다. 살자클럽 운영진, 우빈, 윤하, 구름, 해빛까지 와 있었다. 우빈이랑 경식이는 회의실에 현수막을 걸고, 윤하와 구름은 카네이션 화분 세 개를 탁자 위에 놓았다. 소유와 해빛은 스케치북에 사인펜으로 글씨를 쓰고 있었다. K와 정 경위는 선물 포장을 하고, 우빈과 경식은 현수막을 다 걸고 밖에서 망을 보았다. 정 경위가 서둘러 나와 우빈과 경식에게 말했다.

"이제 망은 내가 볼게. 너희 있는지 모르시니까."

"네, 누나. 그럼 아저씨 오시면 바로 카톡 주세요."

경식의 말에 정 경위는 비장한 표정으로 고개를 끄덕였다. 비밀 작전을 수행하는 국정원 직원 같았다. 정 경위를 뺀 나머지 사람들은 모두 회의실로 들어가 속삭이듯 대화하며 기다렸다.

"아, 우리는 나가 있어야지."

소유는 해빛을 데리고 나와 한쪽 구석에 숨었다.

"오셨대."

경식이 휴대폰을 보며 말하자 모두 문 뒤의 벽으로 가서 붙었다. 김 경감은 정 경위에게 갑자기 찾아오셨다는 할머니에 대해 물으며 회의실로 향했다.

"어디 많이 편찮아 보이시진 않았어요?"

"네, 그런데 기운은 없어 보여서 회의실에 앉아 계시게 했어요."

"따뜻한 차는 준비해드렸고요?"

"네, 그럼요."

"우리 데이터에 있는 자살 유가족 분은 아니시고요?"

"네네, 처음 뵙는 분이에요."

"알겠어요. 너무 수고했어요."

김 경감이 회의실 문을 열며 "할머니, 오래 기다리셨죠?" 하는데 폭죽이 터졌다. 김 경감은 놀라 눈을 감았다 떴다.

문 뒤에 숨어 있던 아이들이 "스승의 날 축하드려요!" 하면서 동시에 나왔다. 현수막에는 '아저씨의 사랑에 감사드려요.' 하고 쓰여 있었다. 어디선가 '스승의 은혜'가 흘러나오는데, 소리가 점점 가까워졌다.

소유는 노래가 흘러나오는 휴대폰을 들고 해빛의 팔을 잡아끌며 회의실로 들어왔다. 해빛은 오른손으로 스케치북을 들고, 고개를 숙인 채 따라 들어왔다. 소유가 해빛에게 나지막이 말했다.

"스케치북 보여드려야지."

195

해빛은 스케치북으로 얼굴을 가린 채로 한 장씩 넘겼다. 순서대로 글씨가 보였다.

아저씨!
사랑하면 마음의 눈이 하나 더 생긴대요.
그 눈으로 우리를 보고 느끼고 알아주어서 고마워요.
살아볼게요.
노력할게요.
아저씨도 살아주어서 고맙습니다.
우리 모두의 마음이에요.

말없이 바라보던 김 경감의 눈시울이 붉어졌다.
"내가 뭘 해준 게 있다고……."
"살리는 것보다 살고 싶게 만드는 게 더 힘든 거래요. 근데 경감님은 둘 다 하시던데요? 살리고, 살고 싶게 하고."
정 경위의 말에 K가 "와, 당근."을 먼저 했고, 그 이후로 한 명씩 돌아가며 당근을 외쳤다.
"정말 고맙다. 그렇지 않아도 어제 해빛이가 감동적인 답을 해줘서 그것만으로도 진짜 좋았는데……."
"오, 뭐라고요?"

"살아주어서 고맙다고."

소유의 호기심을 김 경감이 감동으로 채웠다. 소유는 해빛을 툭 치며 말했다.

"오올~ 이해빛, 사람 됐네."

해빛이 소유를 째려봤다. 소유는 아랑곳하지 않고 "오구오구, 기특해라."라며 해빛의 머리를 쓰다듬었다.

"하하, 소유야. 경감님 말씀하시는 거 더 듣자."

정 경위의 말에 소유는 "넵." 하고 장난을 멈췄다. 모두 김 경감을 보았다.

"뭐, 더 할 말이 많지는 않다. 원래 어른들은 이렇게 말한 후에 많이 말하는 거 다들 알겠지만"

K와 정 경위는 미소를 짓고, 경식과 소유는 키득거렸다. 해빛은 소유를 따라 웃었고, 윤하와 구름은 서로를 보며 웃었다. 우빈은 윤하와 구름을 보며 웃었다. 모두 각자의 방식으로 웃는 모습이 김 경감의 눈에는 참 아름다워 보였다.

"사람 살리는 삶이 참 힘들지만, 그만큼 보람이 크기도 해. 이렇게 예상치 못한 감동도 곳곳에 숨어 있고 말이야. 살아주어 고맙다는 마음도 계속 전하면 어느 날 상대방 마음에 닿게 되더라. 그게 언제일지 모르니 계속

하게 되고, 소용없나 싶을 때쯤 또 한 명이 살아나곤 하잖니. 그 감동이 얼마나 큰지 너희도 잘 알 테니까 계속 열심히 살려보자. 고맙다, 마이웨이를 아우어 웨이가 되게 해줘서."

우빈이는 경식에게 속삭였다.

"나, 우리라는 말 싫어했는데. 애들이 우리 가족, 이렇게 말하는 게 싫더라고. 근데 아저씨가 말하니까 좋네, 우리의 길. 우리."

"나도."

경식과 우빈은 소리 나지 않게 주먹으로 하이파이브를 했다. K는 선물을 김 경감에게 건넸다.

"저희가 같이 준비했어요."

"그럼 지금 풀어볼까?"

"좋아요!"

윤하가 답했다. 김 경감은 웃으며 선물 포장을 풀었다. 상자 안에 선크림과 양말, 손수건과 롤링 페이퍼가 들어있었다. 롤링 페이퍼를 풀려고 하자, K가 외쳤다.

"아저씨! 그건 집에 가서요."

"아아, 오키. 선물 넘 고맙다. 감동이다."

"우리 그럼 이제 뭐 좀 먹죠. 저기 박스 안에 샌드위치랑 빵 있으니 꺼내주시고요, 제가 음료는 가지고 올게요.”

정 경위는 김 경감처럼 박수 세 번 치고 말하더니 회의실을 나갔다. 우빈이 박스를 들고 와서 식탁 위에 빵과 샌드위치를 내려놓았다. 잠시 후에, 정 경위가 들어와서 머리를 긁적이며 김 경감을 불렀다.

“경감님, 진짜 죄송한데, 어떤 할머니가 여기 대장님을 좀 뵙자고……”

“아, 또 무슨 이벤트가 더 있는 거예요? 이제 안 속아요.”

김 경감의 말에 정 경위는 난처한 표정으로 진심을 끌어올리며 말했다.

“그게 이번엔 진짜, 진짜예요.”

“오, 아저씨. 진짠가봐요.”

경식이 말했다.

“진짜라고요?”

“네네, 진짜진짜진짜예요.”

김 경감은 회의실을 나갔다. 정말 할머니 한 분이 있었다. 백발의 머리를 하나로 묶고, 분홍색 블라우스에 흰색 주름치마를 입은 할머니가 검정 비닐봉지를 다섯 개나 들고 서 있었다.

“아니, 할머님, 이 시간에 무슨 일로……”

"여기 대장님이세요?"

"아, 그 호칭을 쓰진 않지만…… 네네, 맞습니다."

할머니는 비닐봉지를 책상에 올려놓고 김 경감에게 다가와 덥석 손을 잡았다.

"내가요, 손주가 딱 하나였는데, 그 손주를 잃었어요. 하도 바쁘길래 물어보니 요즘은 학원을 그렇게 몇 개씩 다녀야 하는 거라고 하고, 애가 낯빛이 어두운데, 무슨 걱정 있냐고 물으니 요즘은 자꾸 그렇게 묻는 것도 애들이 안 좋아한다고 해서……. 아유, 좀 더 물을 걸. 학원 빼먹으라고 하고 밥이나 더 먹일 걸. 그럼 나쁜 할미 될까 봐 참고, 그게 옛날 사람 방식이라 싫어할 줄 알고 참았는데…… 참지 말 걸 참지 말 걸…… 가슴을 쳐요, 내가."

김 경감은 할머니의 손을 감싸며 대답했다.

"그러셨군요. 얼마나 힘드셨을까요? 아니, 지금도 많이 힘드시죠?"

"내가 지금도 기도해요. 그 어린 것 살려내고 나 데려가라고……."

"그러실 거예요. 진짜 그 맘이실 거라는 거, 알아요."

"고마워요. 이미 죽은 애를 놓고 그렇게 기도한다고, 말도 안 된다는 소리만 들었는데……."

"말이 꼭 돼야 기도인가요. 저는 종교는 없지만, 신한 테는 말도 안 되는 말해도 되는 거 아닌가요? 신은 다 아 니까, 말도 안 되게 말해도 그 맘을 알 거 아니에요."

"아이고, 아이고. 내가 이 말을 들으려고 여길 들렀 나…… 아이고, 고맙네, 고마워요."

할머니는 가슴을 쓸어내렸다. 다리에 힘이 풀리는 것 같아 보여 정 경위가 의자를 가지고 왔다. 할머니는 여 전히 김 경감의 손을 꼭 잡은 채로 말했다.

"내가 손주가 보고 싶고 가슴이 답답해서 걷다가 여길 발견했어요. 자살예방 긴급구조센터. 간판을 딱 보니까 너무 고마운 거야. 우리 손주 같은 녀석들 구하는 데라 는 거잖아요. 그래서 뭐라도 사주고 싶은데, 밤에는 누 가 없는지 안에 불은 하나만 켜져 있고, 들어가기가 좀 그렇더라고요. 낮에는 내가 밖에를 잘 못 나오거든요. 손주 가고 나서 밝을 때 잘 못 나가는 병이 생겼어요."

"네, 할머니. 그러실 수 있어요. 저희가 밤에는 당직을 설 때도 있는데, 출동할 때는 아무도 없을 때도 많아요."

정 경위가 말했다.

"그렇구만. 그런데 오늘은 환하게 불이 다 켜져 있어 서 내가 얼른 이것저것 좀 사왔어요. 결명자가 눈에 좋

201

다니까, 아픈 사람들 살리려면 눈이 좋아야 할 거 같아서 결명자도 사고, 피곤할 거 같아서 박카스도 사고, 목 아플 때 먹는 사탕도 사고, 여기 우리 손주 같은 녀석들 오면 먹으라고 과자도 좀 샀어요. 별 건 아닌데, 너무 고마워서…… 늙은이 정성이니까 좀 받아줘요. 공무원이라 이런 거 못 받고 그런 거 아니죠?"

"아, 아닙니다. 좋은 의미의 후원들은 다 받는 걸요. 이렇게 가치 있는 후원이라면 얼른 받아야죠. 감사히 먹을게요."

김 경감이 고개 숙여 인사하고, 정 경위도 옆에서 인사했다.

"귀한 일 하는 사람들 방해하면 안 되니까 이제 갈게요. 고마워요, 정말 고맙습니다."

할머니는 고개 숙여 인사를 하고 돌아섰다. 김 경감은 따라 나가서 문을 열어주며 말했다.

"할머니, 살아주셔서 고맙습니다. 나중에 손주 꼭 만나서 오래오래 얘기할 기회 있으니까요, 우선은 여기서 오래오래 건강하게 사세요."

할머니는 김 경감의 손을 꼭 잡으며 "대장님도 꼭 오래오래 좋은 일 해주세요." 하고 떠났다.

모두 뭉클해졌다. 김 경감도 정 경위도, 회의실 문을 살짝 열고 엿듣던 아이들도 마음에 난로가 켜졌다. 김 경감과 정 경위는 아이들이 놀랄까봐 밝은 미소를 지으며 회의실로 들어갔는데, 아이들 표정을 보니 알 수 있었다. 다 같은 마음을 느꼈다는 걸.

"뭐야, 다 들었구나."

김 경감 말에 K가 말했다.

"아저씨, 우리 오래오래 살려요. 오래오래 같이 걸어요."

"그래, 그러자. 꼭 그러자."

정 경위는 박수 세 번을 치고 말했다.

"자자, 우리 이제 진짜 간식 먹을까요?"

"네네!"

"좋아요!"

"아싸!"

아이들이 각자의 방식으로 대답하는 사이, K의 휴대폰이 울렸다. K의 얼굴이 창백해졌다. 김 경감은 K의 표정을 보고 직감했다.

"자살클럽 사연이야?"

"네."

모두의 시선이 K에게 향했다.

"열어봐. 먼저 읽고 우리에게 읽어줘. 우리 바로 회의 하자."

김 경감의 말에 K는 메일함을 열었다. 메일 제목은 '진짜 죽을 수 있게 해주나요?'였다. 소유는 마음속으로 기도했다.

'아까 그 할머니가 믿는 신에게 기도드려요. 지금 메일을 보낸 사람도 꼭 살려주세요.'

구름은 이상한 다짐을 했다.

'다신 언니처럼 아무도 안 보낼 거야.'

경식은 간절한 바람을 소유에게 말했다.

"나에게 아빠처럼, 너에게 삼촌처럼, 윤하에게 우빈이처럼, 우리에게 아저씨처럼, 메일을 보낸 사람에게도 그런 한 사람이 꼭 있었으면 좋겠어."

"있을 거야, 꼭."

소유가 대답했다. 메일을 다 읽은 K가 말했다.

"고1이래. 여성이고, 학교폭력을 당한 모양이야. 아니, 당하고 있는 모양이야."

정 경위는 화이트보드를 끌어와서 적었다.

고1. 여성. 학폭 피해자.

김 경감은 박수 세 번을 치고 말했다.

"자, 이번에도 꼭 살리자!"

"이 친구에겐 제가 꼭 인사할게요! 살아주어 고맙다고!"

해빛의 말에 모두 엄지를 치켜들어 칭찬해주었다.

"그래. 우리, 해빛이처럼 꼭 살리자!"

곧 회의가 시작되었다. 모두의 바람은 단 하나였다. 꼭 살려서 살아주어 고맙다는 인사를 건넬 수 있기를.

그리고 모두 같은 다짐을 했다. 곁에서 함께 웃고 함께 울며 함께 아파하는 사람이 되어주겠다고.

작가의 말

첫 책『ㅈㅅㅋㄹ』을 기획할 때『살자클럽』도 함께 기획해두었어요. 『ㅈㅅㅋㄹ』을 통해 '살아주어 고마워'라는 메시지를 꺼내고 싶었다면,『살자클럽』을 통해 그 메시지를 완성하고 싶었다고 할까요?

인사를 건네고 이야기를 시작했으니, 정말 하고 싶은 이야기는 이것이었다고 속내를 털어놓고 싶었다고 할까요? 저의 깊은 진심을 조금 더 세밀하게 전하고 싶었습니다.

지금도 청소년들이 참 많이 세상을 떠납니다. 그 이유는 참사이기도 하고 사고이기도 하고 자살이기도 해요. 하지만 이 모든 것이 타살이기도 하지요. 아이들 스스로 죽음을 결정한 것이 아니니까요. 어른과 사회와 환경이 만든 문제가 없었다면 살아있을 아이들이니까요.

무조건 자살을 막아야 한다고 얘기하고 싶은 것이 아닙니다. 아이들을 아이들답게, 그 모습 그대로 살려두고 싶은 마음이에요.

무엇보다 이번 책에서는 '연대'라는 단어를 처음부터 끝까지 붙잡고 있었어요. 같은 아픔을 겪은 이들의 연대, 아이들의 순수함으로 이뤄지는 조건 없는 연대, 나이와 무관하게 어깨동무할 수 있는 세대 간의 연대. 그래서 살자클럽의 인물들은 끊임없이 함께 걷고, 손잡고 어깨동무합니다. 그게 바로 우리의 모습이잖아요. 세상이 갈라놓고 싸우게 하여도 우리는 끈질기게 지금도 함께잖아요.

제 안의 진심을 잘 담아냈는지 자신은 없지만 끝까지 읽어준 여러분에게, 부족한 나를 쌤이라 부르며 만나준 많은 청소년에게, 창작의 여정을 동행해준 선배와 이 책에 대한 애정만큼은 작가 못지않은 편집장님에게, 『ㅈㅅㅋㄹ』부터 『살자클럽』까지 좋은 일러스트로 연대해준 제딧 작가님에게 제 안에 눈처럼 소복히 쌓인 감사를 전합니다.

2023년 가을,

오하루

"

앞으로 만나게 될 절벽에 선 사람들에게

조금 더 자신 있게 말해줘야지.

같이 내려가자고.

꽃밭은 없을지 몰라도 꽃 한 송이는 꼭 피어 있을 거라고.

모든 사람이 널 좋아할 수는 없지만

널 좋아해줄 사람은 분명 있다고.

우리가 함께 견뎌주고 함께 아파하겠다고.

_ 본문 중에서

"